祝福

郁雯

2017.

珠寶情人

曾郁雯——著

推薦序

開闢鴻蒙，誰為情種？

郝譽翔（作家）

從來沒有想過，寶石可以有如此多姿態，如此多故事。

文學中最有名的寶石，莫過於曹雪芹《紅樓夢》中那塊被棄在青梗峰下，女媧補天剩下來的「頑石」了，它鮮瑩明潔，靈性已通，自去自來，可大可小，它已不只是「石」，而是有了自己的精氣魂魄，五內鬱結著纏綿不盡的情意，它是通靈多情的寶玉。

如今郁雯姊用精巧之手，彷彿女媧煉石補天似的，化頑石成為寶玉，而一一召喚出它們躲藏在五內之中的魂魄，幻變成為蝴蝶，為月光，為晨曦，為玫瑰，為嵐山秋霧，為一顆悸動之紅心。她甚且用細膩之筆，為這些寶石作傳，點出了現代男女的愛恨嗔癡，情緣流轉，如夢似幻，卻唯有寶石永恆不滅，它是愛的唯一見證，也是血的凝固結晶。

這是一本二十一世紀的小小的《石頭記》，每則故事短而精美，戛然而止，看似寫的金玉良緣，但其中又有多少錯失的緣分，宿命的捉弄，就在人生的一瞬之間。

對於寶石有深入了解的郁雯姊，尤其擅長運用寶石去隱喻人生，如〈海上鋼琴師〉談的「貓眼現象」：寶石切割時若找到正確角度，就會綻放出一道像貓眼睛似的白光，而人生又何嘗不是如此呢？那光芒隱藏在我們的內心之中，就等待一場緣分來將它釋放。又如〈珠寶情人〉一篇，經由鑽石精密的算計和切磨車工，「犧牲最珍貴重量換來的幻彩豔麗」，來比擬完美愛情之中的捨得與犧牲。

郁雯姊將這些寶石的故事娓娓道來，竟已不只是談石了，而是在談人生的取與捨，對於美好事物的執著，以及永恆的浪漫追求。這不禁讓人想到〈紅樓夢引子〉一曲所云：「開闢鴻蒙，誰為情種？都只為風月情濃。」寶石從此有了通靈的生命，也成就了一個有情多情的天地。

推薦序

雅緻中見詩情

黃尹青（珠寶文字工作者）

珠寶的價值，我將它剖分成五種：寶石的、鑲嵌作工的、品牌的、設計的和情感的價值。一般最看重的是寶石和品牌的價值，近年鑲嵌作工和設計的價值，逐漸受到重視。但是真正能讓珠寶獨一無二且珍貴無可估量的，唯有感情的價值。

在珠寶圈「談感情」，真是談何容易。稍一不慎，就是作態；談得不深刻，又無法打動人心。因為重要的不是珠寶業者絞盡腦汁，給出一種關於感情的說法，而是說的話能不能真正觸動人心，讓一件珠寶成為一段情感的引信。

曾郁雯在文學領域的成就是有目共睹的，淡雅文字中有著詩情。以這樣的文采，為她另一個領域的作品——珠寶，說情道愛，無疑是高人出手。

讀她的《珠寶情人》，最先浮上心頭的疑問，就是先有故事再設計珠寶？還是先設計了珠寶再為它補敘故事？到底什麼是起點？這純粹是個人的好奇，有沒有答案不重要，因為不論起點是什麼，都不是一件容易的事。畢竟有多少珠寶設計工作者是作家，又有多少作家同時也能設計珠寶？

作者的安排，一篇就是一個輕短的小說，而且在情節發展中，輕輕鬆鬆帶出了一種寶石或珠寶型式。看完一則有情的故事，也不費力地增加了珠寶的知識。

從閱讀珠寶書籍的角度來說，是一次新鮮的經驗。

曾郁雯在珠寶界深耕多年，她的珠寶一如她的文字，雅緻中見詩情。她近期的作品似乎偏好光采內斂且有曖昧之美的寶石，重用的寶石如珍珠、月光石、蛋白石、冰種翡翠……，都不是耀眼張揚的，而是溫柔的、別有意境的。

多數珠寶的設計是從一顆寶石開始發想的。也有一些作品，是設計者先有想法，然後慢慢去尋找合適的寶石。不論是先有寶石還是先有想法，設計師喜歡且認識寶石，都是必要的。

從這個角度來說，她顯然對這些溫柔的寶石格外有感，也透露著她如今溫柔的心境。所以真正的起點，應該就是她的心吧！因為這樣，她找到溫柔的寶石，然後設計了一件件柔情的珠寶，還發展出一篇篇有情的故事。

目次

002 推薦序 開闢鴻蒙，誰為情種？ 郝譽翔
005 推薦序 雅緻中見詩情 黃尹青
012 青花瓷
020 晨光
025 綠雨・傘
031 對戒
036 珠寶情人
042 嵐山秋霧
047 非誠勿擾
052 月光玫瑰
058 好久不見
063 半邊美人
068 一百條罪狀
073 天涯海角
078 錯過
084 情深似海
089 嫁妝
094 大智若愚

099 月光戀曲
104 無緣坂
109 隱姓埋名
114 夜色如墨
119 一件禮服
124 鎏金歲月
129 哀悼愛情
133 夫妻筷
138 將軍的女人
143 四君子
148 海上鋼琴師

附錄

153 推薦文 繁複的美麗 席慕蓉
158 推薦文 何止於七寶 許悔之
164 跋 一種情懷

《初夏的約定》
光面祖母綠、紅寶、黑瑪瑙
白玉髓、鑽石、18 白 K 金套鍊

青花瓷

白到透明的白
是穿越空間的時間
藍如星光的藍
是點亮記憶的回憶

他們倆相差三歲，一個小學生一個國中生，男的俊秀爾雅，女的水靈剔透，站在一起就像一對青花瓷擺在案頭，看了都心動。

青志和妹妹青妙都是在台灣出生的小山東人，名字裡的青就是為了標記父親劉波的故鄉青島。劉波逃難到台灣時什麼證件都沒帶到，只能在公路局謀個司機差，長得斯文體面的劉波非常受車掌小姐及女乘客喜愛，每班車都有固定仰慕者準時搭乘，最後他真的娶了站上最漂亮的車掌詹秀妹，變成客家女婿。

秀妹生完青志、青妙之後就在宿舍旁租了一個小店面，改行賣饅頭、包子、草仔粿、粄條，來個山東客家大融合，努力攢錢，力爭上游。

每天放學到晚餐前的那段時間，是宿舍小朋友最快樂的時光。媽媽忙著煮飯沒空管小孩，家家戶戶不斷傳出菜飯香，小朋友聚在廣場玩遊戲、打球，有時候還會打打架。最受歡迎的遊戲是過五關，每次玩過五關大家都爭著要和青志、娟娟一國，他們倆特別有默契，只要一聯手，跑關、攻擊、防守樣樣都強。娟娟長得非常瘦弱，壯碩的青志輕鬆拉著娟娟一隻手，娟娟的身體瞬間變長，輕輕鬆鬆就摸到敵方小朋友的身體，立刻讓對方出局。所以每次玩過五關，大家就起鬨叫青志去找娟娟，一定要把他們湊成一對。

娟娟住在車站旁邊，家裡開銀樓，父親是打金子師傅，入贅到錢家，兩代皆單生一女，娟娟從出生就被捧在掌心呵護，不知吃了多少補藥，還是弱不禁風。

青志和娟娟除了喜歡玩過五關，也喜歡一起讀課外讀物。娟娟家境富裕，從世界名著、偉人傳記到各種小說、漫畫，兩人輪流看，看完再交換心得。兩家媽媽看在眼裡，都不是滋味。

劉媽媽覺得錢媽媽眼高於頂，娟娟又那麼瘦、那麼嬌，無論如何也不能娶來當媳婦。

錢媽媽跟娟娟說：「女兒啊，別整天和青志混在一起，妳一出生我就請大師批過八字，記得，妳將來可是要嫁給有錢人當董事長夫人。」

也許因為他們倆太登對，才十二、十五歲的孩子，竟然讓雙方家長如臨大敵。

娟娟小學畢業那年劉家搬離宿舍，據說劉媽媽存夠了錢，終於買了房子。搬家前一天，娟娟和已經快考高中的青志在宿舍附近的茉莉花園待了一整個下午，這個花園也是他們小時候常常玩捉迷藏的地方。那個下午兩個人什麼都沒說，就這樣坐著，天空從藍變黑，星星彷彿就要落下眼淚。

青志最後說：「我媽叫我不能給妳新家地址，但我相信將來總有一天我們一定要一起去希臘，去看看余光中說的天空到底有多藍。」

當時他們正讀到余光中的詩〈重上大度山〉：

小葉和聰聰

撥開你長睫上重重的夜

就發現神話很守時

星空非常希臘

藍寶（Sapphire）是剛玉（Corundum）家族中非常受歡迎的寶石，這個大家族分為三大系統，紅色的剛玉稱為紅寶（Ruby），藍色的就是藍寶，其餘的統稱彩色剛玉（Fancy Sapphire），例如粉紅色的剛玉就叫粉剛玉（Fancy Pink Sapphire）。剛玉和石英是六方晶系，若有很多組內含物，這些內含物反射出來的光線會聚集在凸面寶石的圓頂，出現四、六、十或十二道星芒，就稱為星光現象（Asterism，俗稱 star）。凸面藍寶星石（Cabochon Star Sapphire）有一種內斂隱約之美，一如黑夜中閃爍的星光。

夜中閃爍的星光。

錢爸爸沒辦法再打金子時，錢媽媽也老了，整天催著娟娟相親結婚，不再堅持招贅，娟娟一點都不急，她知道青志不會放手，就像當初玩過五關，永遠緊緊拉著她。銀樓歇業，娟娟改成咖啡館，門口種滿茉莉花，等著。

等到青志那年，劉媽媽包子已經擴張成連鎖企業，閃著白髮的青志站在咖啡店前淺淺笑著，跟娟娟說：

「我剛剛接任董事長，來接夫人去希臘。」

《青花瓷》
光面星光無燒藍寶、18K 金鑽石墜（左）
耳環套組（右）

晨光

老鷹飛走之後，變成母熊的小熊，帶著兩隻小小熊在城市繼續生活。

當年他們同時參加山服社，寒暑假到台灣深山小學當義工，在一個繁星閃爍的夜晚墜入情網。那是個排灣族的部落，傳說中排灣族人死後會變成百步蛇，百步蛇老了之後再羽化成熊鷹（Gagis），成為勇士的象徵。他們便互稱彼此小熊、老鷹，甜蜜攜手結婚生子，他還是習慣叫她小熊。

小熊永遠記得老鷹飛走時，天未亮，就像她此刻哆嗦著身子站在即將破曉的菩提伽耶，冷空氣中飄來印度烤餅混著咖哩的香味，兩隻小小熊姊妹在旁邊忙著倒奶茶，酥油微帶羊騷的氣息隨著排隊領早餐的修行人散放到園子各處。

這是她們母女第一次參加這種布施，為修行者提供三天的早餐，看到那麼多來自世界各地的修行者，各種膚色、種族、宗教、年齡、性別，通通聚集在這個他們心目中所謂的「宇宙中心」修行，嚴苛的環境布滿花香奶果，吃著不知來自何處的布施供養，供著不知來自何處的僧人或行者，不知誰是施誰是受，一如太陽每日升起般自然，默默地在一個眼神交流或一個微笑中完成。

她非常非常想念老鷹，或者老鷹早就有出家的打算，為她留下一對貼心女兒，知道有人可以陪伴她之後才遠颺。「他是否也會想念我們呢？」女兒常常這樣問。

「當然，不管走到哪裡，爸爸像陽光一樣，每天都會把我們照得暖暖的。」

供養完，太陽剛剛從菩提樹梢升起，露水尚未蒸散，在晨光中閃閃發亮，小熊繞佛塔散步，沿路都是專心誦念佛號或五體投地大禮拜的修行人，還有絡繹不絕的旅客，她突然看到一個熟悉的背影，黃色毛線帽、寬鬆的咖啡色袈裟仍藏不住他寬厚的肩膀，只是比過去清瘦些，專心對著面前一小尊佛像輕聲念經，連小熊靠近都渾然不知。

「坐在這裡的是我朝思暮想，曾經遨遊天際，最最親愛的老鷹啊！」

帕帕拉恰（Padparacha）是梵語「蓮花」的意思，剛玉品種中最稀有的顏色，粉紅帶橘，像晨光穿過佛陀座下蓮花的顏色，純淨脫俗，美得出塵。若未經熱處理又有火光，價格也貴到望塵莫及，是收藏家的夢幻逸品，拍賣會的嬌客。

就在小熊撲向老鷹的前一刻，她看到老鷹身旁放著烤餅與熱氣未散的酥油茶，懷疑自己為何剛剛沒有在人群中看到他？在忙著派食物的時候，他認出她們母女了嗎？

《月湧大江流》
蛋白石、紅寶、藍寶、帕帕拉恰彩剛玉
帕拉伊巴碧璽、巴洛克南洋珠
鑽石 18K 金多用珠串套鍊

離開印度時小熊跟女兒說：「記得喔，想念爸爸的時候就跟太陽說爸爸我愛你，爸爸就知道了。」

那個早上小熊忍住狂喜與狂悲默默離開老鷹，她看到烤餅與油酥茶旁擺著一張已經摸到毛邊的照片，那是他們為第二個女兒滿週歲慶生的合照。

那個早上，她看不到老鷹的臉，只見到老鷹默默留下的眼淚，在晨曦中閃閃發光。

綠雨・傘

看到吧台留下一把傘，她知道他終於回家了。

這是她第二次看到這把傘，上一次安雄堅持只借不送，這次應該是留給靜靜的禮物。

除了傘，還有扇子、鞋子、手帕，都是情人不樂見之物，怕分散，怕漸行漸遠，怕離別時用來擦眼淚。

安雄第一次見到靜靜，是在奈良的初夏。藥師寺格子木窗外下著雨，櫻葉茂盛，院子一片新綠，難怪日本人稱五月的雨為「綠雨」。

靜靜站在廊緣，指著雨中豔紫色的杜鵑發出一個奇怪的聲音，安雄沒聽清楚，靠過來問，看到她手上戴一只祖母綠戒指，也漾著鮮嫩嫩的綠，她笑答安雄，指著花，又說了一次杜鵑的日本名字「踟躕」。

踟躕的是他的心，原來真有相見恨晚這回事。

「很少人用祖母綠當婚戒喔？」這個旅行團只有靜靜落單，雖然落單並不代表單身，男人還是特別喜歡獻殷勤，女人不斷注意她的戒指，故意迂迴探問。她微笑不語，如旅途中的風景。

回台北他們一團人湊來湊去聚了幾次，到了冬天，安雄終於忍不住約靜靜單獨出來吃飯。

《舞會》
祖母綠、大溪地無核珠、月光石
18K 金鑽石墜鍊套組

「好啊！」電話中靜靜爽朗地說由她負責訂餐廳。

到了那天安雄一早就傻傻候在吧台，靜靜卻一直塞在路上。身手俐落的師傅送上一盤靜靜事先交代的生魚片，旋如菊瓣的河豚薄可透光，盤底手繪的網目紋路是她最愛的寶石綠，安雄發現原來自己縱橫交錯的心思彷如魚片下藏不住的線條，早就被看得清清楚楚，聰明的靜靜像閃閃發光的河豚俏皮地對他眨眼。

蘇東坡說：「河豚味美值一死。」究竟要不要吃下這驚心動魄，隨時會喪命的河豚？

靜靜一個人坐在吧台小酌，好不容易重獲單身的空氣多麼鮮甜。她想起五月奈良的綠雨，記憶中還混著雨水、泥土的香氣。那是多年來第一次自由自在的旅行，同行的佳偶、怨偶不斷上映熟悉的情節。雨忽大忽小，她看到安雄和妻子走在前頭，一把傘撐來撐去，毫無默契，兩個人都淋濕大半，其實他們只要將彼此摟緊一些，雨就會落在傘外。安雄不斷回頭尋找靜靜的身影，靜靜手裡雖然拎著安雄借給自己的傘，心中不起半點漣漪。

結束前一段婚姻只留下這件祖母綠鑽戒，她喜歡祖母綠用肉眼就看得見的內含物，是固體、液體、氣體的混合，像大自然縮影，就算被稱為瑕疵也很美麗。女人不也如此嗎？有時柔情似水、有時頑固倔強、有時虛無飄渺。有多少人真正懂得欣賞？這三相一體只是為了博得一句關心、一個眼神或者一個擁抱。再完美的寶石也經不起碰撞，需要細心呵護。

而且為了當一個別人眼中完美的女人，實在太累。

擁有一只祖母綠戒指已經足夠，那把傘，當初就應該留在奈良。

《雨滴》
水滴型祖母綠、18K 金鑽石耳環

對戒

雖然已經結婚兩年，他們一直沒有度蜜月，小薇特別安排了峇里島之旅，要台生把時間預留下來。

自從知道要一起旅行，台生就開始坐立不安，趁小薇不在家，深怕事蹟敗露，四處翻箱倒櫃，找來找去還是找不到。他只好自欺欺人，幻想不論白天在沙灘游泳、或晚上吃浪漫大餐，要不是太陽太大就是燈光昏暗，應該不會被發現。

果然如他所料，妻子嚴選的旅館非常高級，居高臨下，到處皆可欣賞無敵海景。

小薇很享受印度洋的慵懶閒適，優雅地喝酒用餐，手上的結婚對戒（Wedding

Band）在昏暗燈光下熠熠閃爍；他戰戰兢兢偷瞄自己手上的男戒，希望沒被察覺。

小薇先回房間休息，前方同樣是深夜的海，三年前他戍守金門，值夜時偷偷為女友寫詩，每天倒數退伍的日子，平日只能藉一封封情書寥解相思。他們原本是大學同進同出的班對，現今隔著海峽有如天涯海角，飽受折磨的小情侶決定私定終身，買了一對戒指，趁他休假回台北，偷偷跑去找大學時代最關心他們的系主任當見證人，在老教授舊宿舍花前月下交換戒指，許下盟約。從此他寫給她的情書都以愛妻開頭。

但未婚妻的信卻愈來愈少，少到他每夜都想去跳海。最後一次見面她手上沒戴戒指，他就知道自己還是難逃被兵變的厄運。她只淡淡地說很快就要跟父母中意的對象結婚。

他傻傻地問：「那我的戒指要還妳嗎？」

她說：「不必，反正你送我的也丟了，相抵。」

他一直想問她感情可以相抵嗎？

行屍走肉的台生不知道後來怎樣當完兵，同學看不過去，介紹女朋友給他，他不想再漂流，交往半年就閃婚，連蜜月都是兩年後的事。

這次卻是他不小心遺失結婚戒，一直拿初戀情人私定終身的那只戒指冒充。平時各忙各的，他覺得這種對戒都很像，小薇應該沒發現，希望旅行途中也能平安過關。

台生一個人坐在海邊回憶往事，心想小薇應該已經熟睡，打開她餐後送給自己的禮物，不由紅了眼眶，竟然是和遺失的婚戒一模一樣的男戒，原來她早就發

《海誓山盟》
鑽石微鑲玫瑰金 18 白 K 金雙色對戒

現，只是沒拆穿。

有些看起來很像的東西，其實完全不一樣。就像未婚妻故意丟掉或是他無心遺失的戒指。前一段刻骨銘心的初戀，讓他生不如死，這樁無心插柳的婚姻卻柳樹成蔭。鉑（Platinum）就是俗稱的白金，比黃金更稀少更珍貴，熔點高達攝氏一七五〇度，因為永遠不會氧化，象徵堅貞永恆，常常被拿來做成結婚對戒。但小小的一圈戒指圈不住海誓山盟，除非雙方都有心。

既然婚戒 Wedding band 又叫 Eternity band，台生決定要永遠守護這段婚姻。他扒下舊戒指用力丟向大海，一道銀色閃光像流星墜入海面。戴上新戒指，大小剛好，舒舒服服，妥妥當當，就像當初第一眼看到小薇的感覺。

慢慢走回亮著微光的旅館，台生心想，一定要圓了妻子的夢，將來帶孩子一起回來這裡旅行。

珠寶情人

Y推開門走進店裡，颳起一陣風，散亂的頭髮讓她看起來有些憔悴。淡駝色披風，領口、袖口滾著一圈深咖啡皮毛，雖然不是新衣服，依然亮眼。

程紅在這家北京朝陽區號稱六星級酒店附近的髮廊已經待了一段時間，客人進進出出都是全身名牌，從來沒看過穿得這麼簡單卻這麼好看的人。

Y說要參加晚宴，脫下披風身上穿著白襯衫、黑短裙。只穿這樣去參加宴會難道不會太簡單？但白襯衫俐落的剪裁顯得格外精神，黑色緞面短裙配高跟鞋，把一雙腿襯托得更加白皙修長。打從Y一走進店裡，程紅的目光就不自覺被她吸引。

洗完頭剛好輪到程紅替Y做造型，無意間碰到Y的襯衫袖子，竟然柔如薄絲，Y發現程紅驚奇的表情，微笑地說：

「師傅好眼力，這是法國Anne Fonaine的pima cotton皮馬棉，穿在身上像第二層皮膚，還可以遮蝴蝶袖。」說罷順便拍拍她自己長了小肉肉的手臂。

程紅忍住笑，Y繼續說法國女人最幸福，衣服、鞋子都講究質感，真正有質感的衣料懂得如何疼愛女人，穿在身上有被寵愛的感覺。

「被寵愛的感覺？」

每天看這些潮來潮去的紅男綠女，個個妝點得光鮮亮麗，不知他們有沒有被寵愛的感覺？

眼前這位女子顯然就是有被寵愛的感覺。

Y在手機裡找出一張照片讓程紅參考，程紅忍不住問：「只吹個大捲，去參加晚宴會不會太單調？要不把頭髮盤起來，搞個造型比較正式？」

Y說今晚不是主客，自然就好。

果然一路簡單到底，程紅半信半疑開始吹頭髮，兩三下就明白其中道理。Y的髮量豐厚，打了細膩的層次，想必出自功力深厚、非常專業的髮型設計師，難怪只在髮尾吹個大捲就很漂亮。

程紅覺得Y除了是位被寵愛的女人，也是一個自信的女人。

《完美》
白鑽、粉紅鑽、18K 金耳環

做完造型Y開始補妝，戴上一對鑽石耳環，瞬間整個臉龐散發光芒，那對耳環在燈光下不斷閃爍，就像巨星降臨，令人目瞪口呆。

「珠寶是女人的情人，就像這對鑽石緊緊貼在耳畔，也讓女人有被寵愛的感覺。」

幾乎在場的人都忍不住看著Y離去的背影，髮如浪，人如月，鑽如星。

那對如星光燦爛的耳環是圓型明亮式鑽石（Round Brillant Cut），三個Excellent的完美車工，切磨比例（Proportion）、修飾完工（Finish）、對稱性（Symmetry），三個等級都是優良Excellent，經過精密計算和切磨，犧牲最珍貴的重量換來的幻彩豔麗。

完美車工的圓鑽透過「車工比例儀」可以看到鑽石桌面呈現八支箭、背面八顆心，俗稱「八心八箭」（Hearts & Arrows）。日本人比喻成愛神的箭射中愛人的心，命名「邱比特車工」（Cupid Cut）增添更多神話色彩。

Y為何那麼簡單卻那麼美麗？就和完美車工一樣，懂得捨得，樂於犧牲。

珠寶如此，情人亦然。

嵐山秋霧

第一次見到阿薩就被他專注溫柔的身影吸引，隔著竹簾，淡如水墨的姿態，有一種遺世獨立的悠然。

掀開簾子卻看到一張黑到發亮的臉和壯碩的身軀，微笑端坐在案前泡茶。等客人坐定，虔敬遞上溫熱的杯子，還奉送一對刺在手臂上的盤龍飛鳳，真夠味。

白天他上山下海、爬山衝浪，晚上大隱於市、執壺賣茶。一屋子古董各安其位，舒服適切，讓人來了都不想走。阿薩說他也曾喋血街頭，雙臂上的刺青就是年少暴走的印記！因為父親很早就人間蒸發，他與母親相依為命，為了保護美麗纖細的母親，整天打架鬧事，就怕大家不知道他的厲害。

「我母親美得像幅畫，沒人能理解父親為何拋棄這樣的妻子離家出走？打架的時候有句口頭禪『為什麼』，就是想問問我老爸為什麼要拋妻棄子？」

當初想必很苦，現在的他已經開始回甘。

一直到母親病重，阿薩只好回家幫忙打理古董店，最後一次陪母親去日本進貨採購，母子在京都嵐山天龍寺前坐了一整個下午，眼前是宛若宇宙縮影的枯山水，曹源池倒映著火般燃燒的紅葉，遠方的嵐山秋深霧濃，隱隱約約環繞天際。

母親跟他說別再怨恨離家的父親。「你父親愛的是男人，只是我們都知道得太晚，如果不是這樣他不會和我結婚，也沒有現在的你。我相信他當初不是蓄意欺瞞，而是最後勇敢選擇面對真正的自己，因為真正愛過，所以我不怨他。」

秋好深，淚好熱，心好冷。就在那一刻遠方的霧突然散去，深深淺淺紅紅綠綠織錦般的嵐山像發亮的卷軸攤在陽光下，他終於認得父親。

父親留給母親一件蛋白石（Opal）別針，七彩斑爛的遊彩（Play）現象曾經讓他十分著迷，蛋白石的結構是一排一排成列的球體，光線進入後會產生「繞射現象」（Diffraction），彎折分散成光譜的七彩色；再加上蛋白石本身的球體是一層一層堆疊，再度產生「干涉現象」（Interference），干擾波長，讓波長不同步，這些困惑的光，長長短短重重疊疊，讓原本的七彩光更濃更強，兩種光學現象就在那麼幽微的世界撞擊出火光。

父親與母親也在兩人世界裡痛苦撞擊，最後父親不再隱藏自己的性向，母親也坦然接受父親如蛋白石天生的球狀結構基因。

母親去世後阿薩接掌家業，不再浪跡街頭，把每種茶和古董都認真研究，不敢輕忽，在小小的店裡重新建立大大的宇宙。

現在每天有人陪他上山下海、讀書喝茶，那是父親與母親留給他最大的祝福，那年在嵐山的秋紅裡，母親最後含著淚跟他說：

「阿薩，你也不要再自欺欺人，開心活著就好。」

《嵐山秋霧》
蛋白石、彩剛玉、月光石、碧璽
鑽石、坦桑石套鍊

非誠勿擾

在世人眼中柏言是不折不扣的花花公子，高挑挺拔有如玉樹臨風，除了南人北相之外，還現男人女相，眉清目秀，唇紅齒白，只要他一出現，身邊馬上圍滿各種女子，老媽媽想收他為女婿、熟女想和他談姊弟戀、少女把他當白馬王子，是個人見人愛的大帥哥。

柏言雖然外貌出眾，但家教甚嚴，即使混夜店隔天也不敢耽誤工作，一大早照樣準時上班。待人接物彬彬有禮，更是個謙謙君子，永遠笑臉迎人。這位幾近完美的帥哥俊男竟然遲遲找不到結婚對象，著實可疑！

當然他也是同志覬覦的對象，個個對他垂涎三尺，可惜柏言不好此道，否則一定是傾國傾城的一代妖姬。

柏言當然不在意，因為還年輕，之前的女友一個換過一個，離開的女人理由都一樣，沒人相信他不花心，完全沒有安全感。只有他自己知道那些來來去去的女人不是他逼她們離開，而是她們自導自演一齣又一齣王子遇見公主，編織一幕又一幕不食人間煙火的舞台劇，一旦開始生活就會露出真面目，最後只好散戲。

身為男人他能為自己辯白或站出來解釋嗎？看到愈來愈年邁的父母，柏言不得已也開始接受相親，希望如電影《非誠勿擾》中，找一個能讓自己動心，即使曾在情場上徹徹底底失敗的真愛。

至於電視綜藝版的《非誠勿擾》，他承認自己還沒那麼大的勇氣，在千萬人面前接受隨時可能被滅燈的打擊，因為愛情和婚姻還是細火慢燉才有滋味。但佳人遲遲未現，家人急，他也急，難道老天爺故意和自己開玩笑？莫非此生注定單身獨行？

柏言的母親長年腰痛，家中固定有復健師來推拿，只要推拿過老人家就睡得特別香甜，所以復健師都來得比較晚，推完後讓老人家就寢。那天家裡剛好來了好多客人，都是柏言妹妹柏語的同學，一大群女孩子吱吱喳喳吵翻天，柏言躲得老遠，因為這群女孩每個幾乎從小都想嫁給他，情竇初開就像群小花癡，嚇死柏言，當然得保持距離以策安全。

一直等到半夜，他才摸到廚房吃東西，遇到推拿師也在廚房吃麵，兩個人都嚇了一跳，推拿師說剛剛有位柏語的同學，長得一張觀音臉，皮膚很白很白的女生，怕他工作後累了餓了，就把晚餐預留一份下來當宵夜。

《朧月夜》
葫蘆翡翠、玉髓、18 白 K 金鑽墜

玉髓（Chalcedony）家族中最知名的是瑪瑙（Agate），是一種隱晶質，不那麼閃耀明亮，就像月暈一樣帶著朦朦朧朧的美，原來他的天使一直藏在身邊，只是沒被發現。

後來柏言娶了那位觀音女子，白皙的皮膚如玉髓般晶瑩剔透，心思也如玉髓般體貼溫柔，他終於明白自己要的是一個眼中有別人，而不是只在乎自己的女人。

月光玫瑰

沒見過這麼淡定的計程車司機，鵝黃色襯衫乾乾淨淨，全身沒有半絲火氣。

起初他只是聽著音樂靜靜開車，得知阿蘭來自台灣，才打開話匣子，恨不得把他知道所有和鄧麗君相關的事情都說給阿蘭聽。

北京開始進入盛夏，阿蘭剛剛在路邊隨手招到他的車，車內最醒目的除了一朵橘紅色玫瑰之外，儀表板上還貼著鄧麗君的照片，當然一路都是小鄧溫柔甜美的歌聲相隨。

「這個顏色的玫瑰是鄧麗君的最愛，可惜天熱車悶，今兒個有點枯萎，平時挺美的，這花可是隨時都插著。」

問他最喜歡鄧麗君的哪首歌？他說〈月亮代表我的心〉，接著又說很喜歡電影《甜蜜蜜》的主題曲。

他那雙握著方向盤的手看起來特別均勻細緻，阿蘭說：「你過去肯定不是出租車司機。」

被猜中的他終於忍不住答道：「這兩首歌可以串成我的故事。」

黃襯衫司機說他曾在股市打滾，掙的錢多得沒法數，錢一波波湧入，每天花天酒地，用都用不完。那時候他遇見一位愛聽鄧麗君的小姑娘，就像電影《甜蜜蜜》的女主角張曼玉，剛從鄉下出來，拚命掙錢寄回老家。但小姑娘和張曼玉

《風花雪月》

月光石、黑鑽、鑽石戒（左）

月光石、南洋珠、藍寶、鑽石多用針墜（右）

演的李翹不一樣，比較像黎明演的黎小軍，胸無大志，只想脫貧過過小日子。所以她勸黃襯衫別再賭，見好就收，賺到的錢夠回鄉過下半輩子。

但錢來得那麼容易，誰願意鬆手？他想再狠狠賺上一筆然後和小姑娘結婚，從此過著高枕無憂的日子。

他特別帶她去選生日禮物，其實心裡已經打算挑個鑽石戒指求婚，逛來逛去最後小姑娘竟然挑了一個白濛濛的月光石。小姑娘說她特別喜歡這種寶石，讓她想起家鄉的月亮和無憂的童年。

月光石（Moon Stone）是長石（Feldspar）類寶石的一種，分為正長石（Orthoclase）與斜長石（Plagioclase），月光石歸為正長石，在印度被視為聖石，據說月圓的時候佩戴月光石，能夠遇到意中人，是一種充滿神祕力量的寶石。

「我那時的心和眼睛也給烏雲矇了，這麼皎潔的月亮去哪找呢？後來才知道她想用鄧麗君的歌〈月亮代表我的心〉，跟我表達她的心意，她不要閃爍爍的鑽石或亮晶晶的黃金，她只要一顆真心。」

「後來股市大崩盤，一夜之間什麼都沒了，我沒法面對這種變化，一路逃，逃到有一天突然在小巷弄裡聽到鄧麗君的歌聲，終於明白小姑娘當年的一片癡心，我就決定回北京找她。現在每天開出租車，聽鄧麗君的歌，準備一朵玫瑰花等待我的小姑娘，說不準她就像電影裡的張曼玉，哪天就讓我在街頭遇見。」

車子平穩地往前疾駛，黃襯衫大哥兩鬢白髮蒼蒼，歌聲悠悠切切，這人間定有一條隱隱紅線緊緊牽住兩端情人，不怕遲不怕遠，不放手就是。

海上生明月，天涯共此時，雲清霧散，也許月光下的玫瑰，也在靜靜等待。

好久不見

儘管認識小顏時她已有戀人，小紀還是窮追不捨，是個不折不扣的第三者，現在叫做小三。

小紀長得非常俊俏，風流倜儻，在校園是出了名的獵豔高手。遇到小顏隔天就寫了情書親自送到女生宿舍，睜著一雙大眼睛當面告訴小顏：「我要追求妳。」

消息很快傳開，所有的人都為小顏捏把冷汗；因為小紀也曾追求過小顏的學妹，戀情告吹後學妹痛不欲生。帶著這樣輝煌的「前科」竟然在大四畢業前又來惹事，整個系幾乎同仇敵愾、聯手阻撓這段孽緣，更何況小顏早已名花有主。

但小紀一點都不猶豫，情書一封一封寫，也不強迫小顏表態，因為他有信心會贏，所以毫不畏懼，還帶著那麼點挑釁的意味。最後整整寫了一年的情書到畢業前還是失敗，看在同學眼中真是大快人心。

小紀的字像人一樣瀟灑漂亮，最後一封信寫道：「這一整年為妳寫的每一個字，都是枉然。」

那是經過很多很多年以後，小顏才明白，小紀早就知道她選錯了對象，看似多情的他其實是個深情男子，聰明的他早就知道誰適合誰，誰不適合誰。愛情與婚姻都不能遷就，年輕的小顏當初還不如小紀懂得自己。

恢復單身後小顏選擇外派工作，像隻候鳥飛到全世界的分公司稽查業務，在不同機場轉來轉去，形同放逐。小顏輾轉聽說小紀畢業後也是很快就結婚，而且變成一個愛家的居家男人，完全顛覆眾人想像。其實她一點都不驚訝，從他的信中她知道他有顆溫柔的心，只是當時被另一份感情牽扯，她沒有足夠的勇氣離開。

所以當小顏看到舒淇拍的威士忌廣告，一對舊情人在機場重逢的情節，懷疑是誰偷了她的故事？

「我會和他重逢嗎？」

「重逢時他會認得我嗎？」

「重逢時第一句話要說什麼呢？」

「他重逢時第一句話應該會說好久不見吧？」

不同的情節在她腦海裡上演過千百遍，卻被舒淇的廣告捷足先登。她多麼希望有生之年能跟他說聲「抱歉！當初不該錯過你」。

浮雕（Cameo）是指在各種寶石、玉石、珠貝、象牙的突起表面雕琢，若出自雕刻大師之手，更能創造宛如藝術品的巧雕，不論是少女波浪般的髮絲、纖纖玉手、含羞帶怯的表情或繁複華麗的蕾絲，都令人嘆為觀止。

年輕的小紀就是尚未雕琢的 Cameo，經過細細琢磨，終會雕出精采的面貌。

小顏坐在荷蘭阿姆斯特丹機場等候轉機，夕陽美得出奇，遠遠地，她終於看到小紀，小心攙扶覆著紗布的妻子慢慢登機，眼淚悄悄滑落，要怎麼去跟他說好久不見？

小紀在候機室早就看到小顏，多了點滄桑但美麗如昔，他很想衝過去，但半步也離不開剛剛因車禍失去雙眼，永遠看不見的妻子，只能在心裡悄悄跟小顏說聲「好久不見」。

《佳人有約》
天然浮雕瑪瑙、藍寶、月光石、鑽石墜、珠串

半邊美人

昭迪坐在窗邊的樣子美如剪影，小鎮的人不論男女老少，經過時都忍不住多看幾眼，專注於工作的她也不以為意。

出身大戶人家，身為長女當然有招弟的義務，所以昭迪這個名字取得還算優雅含蓄。她們黃家在羅東可是鼎鼎有名，從太平山運下來的林木碩大無比，扁柏、冷杉浸在儲水池裡等待出售，無法一眼望盡的資產足以庇蔭子子孫孫。誰也沒想到剛娶進門的四姨太妒火中燒，一把火燒盡黃家，一夕之間家破人亡，只剩昭迪從大火中撿回一條命，雕梁畫棟變成斷瓦殘垣，榮華富貴瞬間化為烏有，她只能依靠自己活下去。

別小看一個小小的羅東鎮，當時可是台灣最繁榮的城市之一，太平山的林木蘊藏龐大財富，把羅東造就成宜蘭地區最大的商業中心。商人聚集的地方自然就有風花雪月的應酬，像昭迪這樣落難美女沒有淪落風塵，也是拜那場大火之賜。

昭迪被一對遠房親戚收養，從大小姐變成剃頭婆。剛開始不知躲在被窩裡哭了多少夜晚，後來才慢慢習慣。加上養父養母對她視如己出，日子久了也漸漸釋懷，洗頭、剪髮、剃鬚樣樣精通，掏耳朵更是她的絕活。

她為客人掏耳朵時，一心一意的專注真讓人感動，就算世界突然毀滅也驚動不了她。那天下午雷電交加，劉家大少爺原本只是站在走廊躲雨，被昭迪渾然忘我的模樣吸引，一腳踏進店裡要昭迪也為他掏耳朵。當昭迪靠近時傳來一股淡淡幽香，軟綿綿的雙手依然像個大小姐，輕輕柔柔的動作讓人好生放心，微微的痛與酥酥的癢像有人在耳畔喃喃細語，半躺在她懷裡，劉家大少竟然舒服到酣然入睡。

醒來時昭迪已經在為下一位客人掏耳朵，他微微張開雙眼看到昭迪另一半的側影，薄如羊脂白玉的肌膚透著光暈，臉頰上一大片被火灼傷的疤痕。

白玉屬軟玉（Nephrite），顏色有白玉、青玉、黃玉和墨玉，以白玉最高；白玉當中又以新疆產的和闐白玉居冠，《天工開物》記載：「凡玉貴重者盡出於于闐（今之和闐）。」和闐白玉的上上之選是羊脂白玉，質地細膩色如羊脂，光潤堅韌，柔中帶剛。和闐玉還有一個特色就是「敲之其聲清遠，絕而復起，徐徐方盡」。

昭迪雖然不怕被看到自己臉上的疤痕，只怕突然驚嚇到別人，今天被這位劉大少瞧得一清二楚，卻沒有露出半點厭惡或驚嚇，她就安心繼續低頭工作。

《溫潤如玉》
白玉、紅寶、黑瑪瑙、鑽墜

劉大少默默瞅著昭迪，想像這尊白玉觀音小小的身軀當初怎樣浴火重生，那火焰必定燒燙蝕人，而今安坐於此，想來也是因為臉上那片疤痕讓她逃過賣身的劫難。劉大少決定把昭迪娶回家，光看那雙柔若無骨的手就知她命中福緣深厚，君子比德於玉，他眼中看到的上上之選的羊脂白玉，光潤堅韌，徐徐方盡。

一百條罪狀

大家都想不明白，財哥為何就是不能好好與自己的太太相處。在眾人眼中，月娘是位無可挑剔的賢妻良母，帶得出門上得了場面，是他事業成功背後那個不可或缺的女人。家事打理得井井有條，孩子也教養得極好，這樣的妻子去哪裡找？但他就是不滿意，不斷挑剔妻子的毛病。事業愈做愈大，對她的容忍度卻愈來愈低。

有一天月娘收到財哥親筆寫的離婚協議書，裡面詳列他們結婚三十年來，月娘的一百條罪狀，整整一百條，都是對她的憤怒與不滿，連她愛吃青菜不愛吃肉也是罪狀之一。

看到那洋洋灑灑的一百條罪狀，月娘自己都傻眼，心想婚姻大概走不下去了。只有自己見過老公年輕時窮困潦倒的模樣，當時他們窮得連房子都租不起，晚上就在租來的辦公室打地鋪，夫婦倆不管颱風下雨，騎著一台破摩托車到處找法拍屋，從小房子開始買賣，累積到今天，財哥已是地產界一方之霸。

他大概想把悲慘的過去一筆抹消。是不是就成全他？月娘心想，離婚也不一定是件壞事，像徐志摩和原配張幼儀，可是民國史上第一件離婚案。張幼儀家世顯赫，她在家的名字叫嘉玢，「玢」不是青綠的碧玉，而是稀奇罕見、晶瑩剔透，可以捕捉陽光，微微發亮的玉。

翡翠（Jadeite）是硬玉的總稱，色彩很多，最被熟悉的顏色是翠綠和翡紅，古書上曾形容玉有九色：藍如靛沫，青如鮮苔，綠如翠羽，黃如蒸栗，赤如丹砂，紫如凝血，黑如墨花，白如割肪，還有一種「無如澄水」應該就是「玢」，如澄水般透明的白翡。玢一般的沉穩內斂，讓張幼儀歷經婚變及留德的洗禮後，成為上海第一家女子商業儲蓄銀行副總裁，開辦雲裳服裝公司。雖然離了婚，世界還是海闊天空。

幾天後，財哥也收到月娘的回信，心喜應該是離婚同意書吧？沒想到妻子在信中說：「原本也想回一封你的一百條罪狀，但我剛剛收到檢查報告，證實你得了癌症，所以我把離婚協議書撕了。放心，我會一直陪著你。」

然後他們開始一連串和病魔搏鬥的日子，財哥看著月娘不離不棄一直守在自己身邊，終於想起年輕時那段白手起家、同甘共苦的歲月，貧窮的他們當時唯一的娛樂就是手牽手散步在荷花池畔。化療後的他日益消瘦，月娘像母親照顧小孩那樣照顧財哥。直到病癒，財哥跪在月娘面前嚎啕痛哭，感謝妻子沒有因那

《優雅》蛋面翡翠鑽戒（左）
《花窗》多色翡翠、無核珠、鑽石吊墜（右）

一百條罪狀離開，他算算自己的罪狀絕對不止一百條。

像張幼儀一般的白翡，雖不是光芒萬丈，不小心就會忽略她的存在，但她的美麗與情感卻深藏不露，曖曖內含光，深厚的底蘊與涵養，讓她擁有堅強的力量度過一切難關。

財哥在遺囑中將財產分給妻子和小孩，讓自己回到一無所有的狀態。他怎會一無所有？擁有月娘這樣的妻子，已經擁有一切。

天涯海角

暴風雪中飛機比預期時間停留更久，原本只用來過境的安克拉治候機室突然湧進一大群嘈雜焦慮的旅客，他實在找不到位子，只好硬著頭皮請問她能否併桌同坐；原本低頭看書的芝純禮貌地點點頭表示同意，楊立德順手把熱呼呼的咖啡遞給她，放妥隨身行李，然後轉身再去買一杯。

因為這樣的意外讓他們在遙遠的北方相遇，兩個人都愛看書，無視外在惡劣的環境，好像一對魚缸裡的金魚，四周雜音都被隔絕在外，他們在書的世界悠游擺尾，與世無爭。

終於等到通知起飛，芝純主動問立德某月某日是否有空？她剛好要去馬來西亞開會，之後有兩三天的假可以遊檳城，不知他有沒有興趣同行？

立德不假思索就答應，速度之快連自己都嚇了一跳，這豈是他平日的拘謹作風？他們兩人年紀相仿，加起來大概將近一百歲，這樣算是豔遇嗎？雖然沒有怦然心動的熱情，卻有一絲淡淡的甜蜜與喜悅，真難形容那種感覺。但他相信春天應該從遠離這場大風雪之後就會來臨。

他們飛到南洋享受暖薰薰的陽光與海浪，像一對共度結婚紀念日的老夫老妻，完全不像陌生人，除了讀書的共同嗜好之外，因為兩人都是長期單身，生活模式竟也相似，不喜歡被打擾也不喜歡打擾別人，除了忙碌的工作，剩下的時間都靜靜地消磨，樸素的生活、豐富的內涵是他們共同的語言。

天涯海角之後他們決定結婚。

《梵谷的星空》
礫蛋白石、珍珠、藍寶、無核金珠、鑽石兩用針墜

結完婚，得決定住在哪裡。他當了幾年醫生想提早退休專心寫作，所以尊重她的意見，她說那我們一起選吧。兩個人飛了好幾個國家，順便度蜜月，最後選擇落腳在日本鎌倉的七里之濱，從東京出發一個多小時就能抵達的海邊，日出日落皆美，到處隱藏著令人驚喜的餐廳、咖啡館和麵包店，野菜與海鮮也不缺，是個非常適合居住的濱海小鎮。

半年後他們靜靜坐在窗前欣賞海鳥飛翔，她平靜地說這半年來看過的房子都是她的產業，因為家族事業龐大，見多了豪門腥風血雨，她從年輕開始就很抗拒婚姻，除非找到一個不是為了錢而是真正想和自己過日子的人才會結婚。從阿拉斯加風雪中第一杯熱咖啡到檳城路邊的烤雞串，她這一路都在觀察他是不是個好旅伴。她堅信一個好旅伴肯定會是婚姻中速配的另一半，所以她誠心誠意想和他共度餘生。

每個人都羨慕立德的好運氣，他倒很篤定。礫背蛋白石（Boulder）的背面有一層遊彩蛋白石自然接合在鐵礦母岩上，看似平淡無奇的石片一翻身卻是令人驚喜、七彩繽紛的迷人寶石。

一個人能獨處，兩個人才能一起過日子，人生有很多面向，生命有時像是賭注，翻開牌才知道最後的輸贏。

錯過

學生邀他一起去看戲，從那天晚上開始，陸老的目光完全無法從小青身上移開。

不知是否與《白蛇傳》有關，小青也是專演女配角，五官精緻，身材曼妙，眼神活潑，投入劇場多年的她卻一直演不上女主角，也許是星運未開。

陸老很快就墜入愛河，感謝上帝在自己垂老之際送來小青這個繆斯女神，為他即將乾枯的生命注入活水，熊熊熱火重新點燃陸老的創作，詩、詞、書、畫，到處可見小青的身影，陸老走到哪都把小青帶上，片刻不離。

小青很享受這種師母級的待遇，陸老畢竟是書畫界耆老，學生、粉絲眾多，大家看陸老把她捧在手心，不得不敬她三分，出趟門前呼後擁，聲勢浩大，深怕大家不知她是陸老的心頭肉，小青第一次感覺自己像個女主角，陶醉不已。

陸老當然也帶著小青到處旅行，她最難忘的是傳說中的香格里拉，當時轉了又轉換了各種交通工具，抵達時還犯高山症，依然被那個美到言語無法形容的世外桃源感動到難以入眠。白天藏人朋友陪他們騎馬，散步到附近的藏村吃糌粑、喝奶酪，晚上泡在引自玉龍雪山的熱水，兩人依偎在大木桶裡嬉戲，夜裡厚厚的羊毛氈把所有的寒風擋在門外，就像陸老為她重新建立的世界，那麼堅定穩固。

小青經常陪陸老參加畫廊開幕酒會，她忘了什麼原因，只記得那天沒化什麼妝，仗著年輕，幾乎素顏就出門見人。隔天接到盧大導演託人打來電話，想邀她試鏡。

掛完電話小青忍不住全身發抖，呆呆坐著，兩隻腳完全不聽使喚，直到陸老進房間叫她，小青才回過神來。

「是……是……是那位國際大導演，盧導約我去試鏡，而且是女主角！」

陸老從來沒見過小青如此亢奮，眼前的她霎時變成一道刺眼的強光，彷彿整個人都要爆裂。

「冷靜。」

「我怎麼冷靜得下來？你知道我等了多久嗎？」

「他開出來的條件好嗎？」

「什麼條件？」

小青從頭到尾都沒有想到錢的問題，反正現在有陸老，錢已經不是問題，只要能當上盧導的女主角，就算沒有酬勞，她也願意。

「不急，條件夠好才能答應，妳現在不比從前，藝文界誰不認識妳啊？絕對不能屈就，相信我，我會保護妳。」

陸老託了熟朋友居中帶話，希望小青能夠風風光光擔任女主角。

收到小青從西藏寄來的琥珀手串時，陸老已經命如懸絲，小青在信裡說她為陸老念經祈福三天三夜，感謝他過去幾年的照顧。那條手串是當年他們去香格里拉的紀念品，小青特別喜歡它的溫潤，一直戴在手上，特別送還給陸老。

琥珀（Amber）是松樹樹脂的化石，小青當年怎能體會陸老的心情，一旦失去她，比刀割還痛苦，松樹流的是樹脂，陸老流的可是血淚啊！

《祝禱》
琥珀琉璃珠綁件

情深似海

如果沒有親身走過，完全沒法想像什麼是「如履薄冰」。

在那樣嚴寒的冬天，兩個女人結伴去京都比叡山參拜，這座充滿靈氣的大山位在京都盆地東北方艮位，這個方位稱為「鬼門」，幫助京都擋住所有的妖魔鬼怪。夢枕貘筆下的陰陽師安倍晴明經常在這裡施行幻術，在那個百鬼夜行的平安時代什麼事都可能發生。

對彩綾而言，老公即將面臨牢獄之災這件事，幾乎讓她痛不欲生。「兄弟就是生來爭食」，她的老公仲維就是被同父異母的兄弟鬥垮，不留情面互揭瘡疤，甚至不惜對簿公堂，恨不得將所有的家產瓜分殆盡。

在好友美幸的陪伴下，兩姊妹一起到比叡山為仲維祈福，先去參拜名聞遐邇的延曆寺，然後穿過延曆寺往下面的山谷走，羊腸小徑沿著山腰蜿蜒，一邊是結霜的枯木林，一邊是懸崖。她們用雙手拉著結成冰柱的鐵鏈，雙腳一步一步踩在光滑如鏡的地面，稍一閃神不是跌落山谷就是摔得人仰馬翻，襲面而來的寒風像利刃般割裂這對貴婦嬌嫩的雙頰，淚水鼻涕汗水交織，連擦拭的力氣和時間都沒有。就這樣原本只要半小時的路程走了將近兩小時，終於找到隱藏在山腳下，傳說中的不動明王寺。

顧不得休息的彩綾跪在不動明王前虔誠祈禱，希望能化解老公的厄運，寺內雖然十分狹小，但肅穆莊嚴的不動明王彷彿賜給彩綾無比信心。聽說這裡的籤特別靈，彩綾才排除萬難到此為老公求籤。沒想到求到一支下下籤，籤文直指將有牢獄之災，彩綾頓時崩潰，嚎啕大哭，美幸勸彩綾不要灰心，繼續求籤。日本的習俗是一旦抽到凶籤可以繼續再抽，抽到好籤為止。彩綾聞之破涕為笑，跪著一支抽過一支，從下下籤抽到中吉時已經是日落時分，連住持都準備鳴鼓休息，彩綾和美幸才作罷。

究竟哪來的勇氣？她們忘了當時是如何摸黑走回延曆寺。彩綾結婚時，仲維送她一件珊瑚別針，他說日本新嫁娘都會收到和服與珊瑚兩種禮物，祝福新人能

《蝶戀花》
翡翠、珊瑚、琺瑯、沙弗萊石、鑽石兩用針墜

得到好姻緣，她永遠記得仲維溫柔的眼神，以及她婚後確實得到的幸福，為了這段姻緣，只要能做的她都全力以赴。

珊瑚（Coral）長得像一棵棵枝幹茂密的樹，人們常誤以為是植物，其實珊瑚是由狀似植物的珊瑚蟲骨骼堆積而成。珊瑚的成長速度非常緩慢，一塊珊瑚可能要花上數千至數十萬年，淺海的珊瑚礁岩質地疏鬆，無法加工成美麗的飾品；寶石級的珊瑚則來自深海，對生長環境特別挑剔，海底終年寒冷黑暗，鈣化成長

《寶貝台灣》
珊瑚、台灣藍寶、珠貝、水晶、鑽石墜

速度非常緩慢，每年只長出幾公厘，比起淺海珊瑚礁，骨骼組織更加緊緻細密，經過打磨拋光就會發出玻璃般的動人光澤，被稱為「深海珍寶」，自古被視為護身避邪的吉祥物，更是佛典中七寶（金、銀、琉璃、硨磲、瑪瑙、琥珀、珊瑚）之一。

彩綾的老公後來被判假釋，案子幾年後了結，她感謝不動明王的靈籤，多年後夫妻倆一起回去還願，冰天雪地裡兩人相擁而泣，仲維第一次領受到女性的堅強與無畏的勇氣，比起他的牢獄之災，彩綾用生命換來上天的垂憐，她才是這輩子上天賜給自己最珍貴的寶物。

嫁妝

結婚時公婆給的整套黃金飾品和一只小鑽戒，蔡媽都捨不得戴，一直到三十年前蔡爸從瑞士幫蔡媽帶回一只紅寶戒，她才每天戴著。長胖了就從中指移到無名指，女兒準備出嫁，蔡媽花了九牛二虎之力把戒指拿下，準備送給女兒當嫁妝，胖胖的指頭留下一道慘白戒痕，看起來有點落寞。

蔡媽也不是不喜歡 Tom 這個準女婿，就是有一種說不上來的感覺，但女大不中留，女兒 Sunny 喜歡他，只怪當時不該把她送出國，Tom 雖不是老外，好的不學，誤把沒規沒矩當成平等自由。

蔡媽叫 Sunny 跟 Tom 把紅寶戒送去珠寶店修改手圍，珠寶店慎重鑑定後，告知小倆口戒指的主石不是紅寶（Ruby），而是尖晶石（Spinel）。

Tom 當場大笑，指著 Sunny 說：「哈哈！妳老媽被妳老媽爸騙了！」Sunny 一時羞愧，一把搶回戒指，連手圍也不改，氣呼呼跑回家。

蔡爸從頭到尾一直反對這門親事，光看到 Tom 坐沒坐相，兩條腿像被雷打到，整天抖個沒停，心裡就有氣。現在又看到女兒為了一個戒指哭個沒停，這小子不但沒好好安慰還在旁邊搧風點火、幸災樂禍，氣得蔡爸真想揍他兩拳。

紅寶在剛玉中最為珍貴稀有，剛玉的硬度高達九度，僅次於鑽石十度，是自然界硬度排名第二的寶石。剛玉這個大家族可分為紅色的紅寶（Ruby），藍色的藍寶（Sapphire），其餘的都統稱為彩色剛玉（Fancy Sapphire）；例如顏色不夠紅的只能稱為粉紅剛玉（Fancy Pink Sapphire），除非這顆粉紅剛玉帶有貓眼或星光現象，

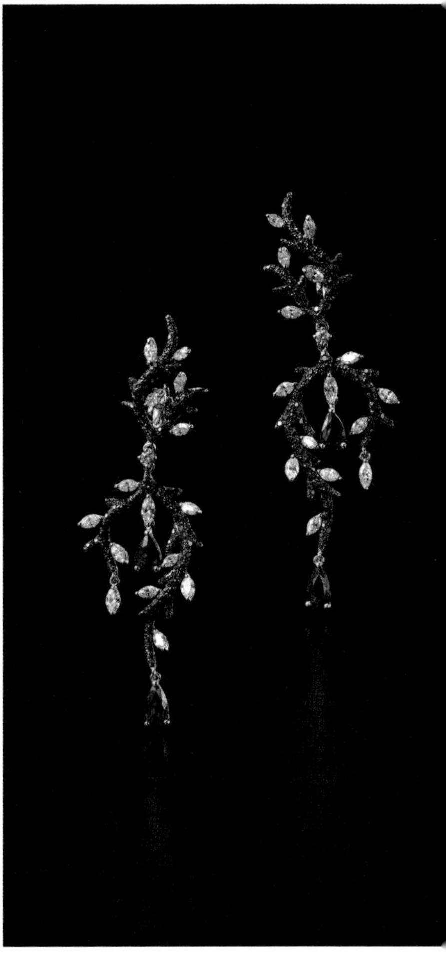

《火焰之舞》
紅寶、黑、白鑽戒（左）、耳環（右）

才能直接跳級稱為紅寶。

紅色尖晶石硬度只有八度，主要含微量致色元素 Cr^{3+}，外表看起來與紅寶非常類似，經常被混淆。

蔡爸跟女兒說：「我沒騙妳媽，當初導遊說是紅寶我就當它是紅寶，就像我把妳媽當做寶一樣。妳知道妳媽什麼都捨不得戴，嫁到我們家一雙白嫩嫩的手做到像粗紙一樣，買給她一個小戒指她就惜命命，管它是不是紅寶。現在要把最寶貝的東西送給妳，就算不是紅寶又怎樣？重要的是媽媽疼妳。」

蔡媽捨不得女兒受委屈，也看不慣 Tom 輕佻的反應，安撫 Sunny 說：「女兒啊，媽媽早就知道這個戒指不是紅寶石。」大家聽了都嚇一跳。「我把戒指拿去放大手吋時，珠寶店的老闆就告訴我這顆石頭是尖晶石，我怕妳爸爸覺得被騙沒面子，回來什麼都沒說。我也不會因為這個戒指不是紅寶石就嫌棄妳爸爸，嫁進你們家沒有一個人不疼我，真情實意比紅寶石還珍貴，夫妻要能共患難才能共富貴。」

好不容易停止哭泣的 Sunny 又流下眼淚，拔下訂婚戒還給一臉錯愕的 Tom。

英國女王皇冠上鑲的那顆九十五克拉「黑王子紅寶」，就是尖晶石，大家不會因為皇冠上鑲的不是紅寶石就減少對女王的尊敬；更何況現在的尖晶石身價大漲，完全不可同日而語。

蔡媽心中暗喜，覺得用一個戒指挽救一個婚姻，比紅寶石還值得。

大智若愚

如果仔細觀察就不難發現阿傑比海倫聰明很多，這種說法對海倫比較仁慈。

憑阿傑的條件應該可以找一個旗鼓相當的對象，每次和朋友交談，海倫就整個放空，完全插不上話，只要坐在阿傑身邊保持美美的微笑即可。

這樣很好啊！阿傑只想有個人陪，這樣就已經足夠，海倫像一幅美麗的海報，無聲無息永遠存在，看到就令人安心。

阿傑過去結婚或交往的對象若不是才貌雙全就是聰慧過人，不但豔驚四座還常常語出驚人。剛開始交往像隻可愛的小狗狗，確認關係後就變成伸出爪子的小貓咪，結完婚馬上變成母老虎，生完小孩變室友，離婚前化身吸血鬼，離完婚變成債主，歷經多次慘痛教訓，阿傑只想平平靜靜過日子，現在的海倫就是最佳人選。

海倫完全不介入阿傑的工作，她也不懂。阿傑想說她就聽，不說她就不問，兩個人共同的話題就是食物，每天到處享受美食，從米其林到路邊攤，兩人總是吃得開開心心。海倫從不忌口，阿傑點什麼她就吃什麼，吃得體態有點豐腴也無所謂。

海倫對什麼都無所謂，她天生少根筋，凡事六十分就好，阿傑對她而言是一百分，甚至爆表的完美，在他身邊天地安穩，什麼都不必擔心。

阿傑覺得海倫像無燒的藍寶（Unheated Sapphire），完全不必經過熱處理就很美。

熱處理是優化處理的一種，一九八〇年在泰國首度發現這種 cooking stone 的方式，可以將紅藍寶變得更漂亮，顏色更鮮豔、瑕疵更少、火光更強，當然賣相更佳。所以至今百分之八十的紅藍寶都是加熱過的產品，廣被消費者接受。

相對地，如果寶石本身條件夠好就不必經過熱處理，因為太過稀有所以身價更高。

寶石或晶體在成長過程中會將一些固體、液體，甚至氣體包裹起來，形成各式各樣的內含物，這些被熱處理燒掉的內含物，也就是所謂的瑕疵（Inclusion），其實就是寶石產地的身分證。

斯里蘭卡產的藍寶常常可以看到白雲母、金紅石及拉長石的結晶，絲狀物較長。緬甸產的藍寶常有羽狀內含物。如果看到一二〇度相交的絲狀物，羽狀或指紋狀液體內含物，就是喀什米爾產的藍寶石。

《尊榮》

藍寶鑽石耳環（左）

斯里蘭卡無燒藍寶石鑽戒（右）

阿傑就是喜歡這種不完美的完美。大智若愚，海倫就是這樣的女子，總是憨憨地、放心開懷地笑。

五月初夏兩人一起去鎌倉明月院賞紫陽花，吃到的每一口食物都充滿喜悅，沒有高深的學問或嚇死人的專有名詞，看著她一心一意吃著黃澄澄軟綿綿的布丁，阿傑喜歡這樣的海倫，喜歡這種下著小雨的日子，他常常覺得海倫才是最聰明的人。

月光戀曲

思佳總是在深夜跟亦仁發簡訊，一來一往，像以前的ＭＳＮ。

她說：一直期待心愛的他在美麗的月光下求婚。

他回：總有那麼一天。

她說：不可能了。

他回：不要放棄。

然後她回給他一個無奈的笑臉。

換他回一段許美靜〈城裡的月光〉陪她入睡、祝她晚安。

每顆心上某一個地方　總有個記憶揮不散
每個深夜某一個地方　總有著最深的思量
這個世間萬千的變幻　愛把有情的人分兩端
心若知道靈犀的方向　哪怕不能夠朝夕相伴
城裡的月光把夢照亮　請溫暖他心房
看透了人間聚散　能不能多點快樂片段
城裡的月光把夢照亮　請守護它身旁
若有一天能重逢　讓幸福撒滿整個夜晚

《月光戀曲》
月光石、藍寶多用鑽石套鍊

那個原本打算在月光下求婚的他不在思佳身邊很久了，一場意外讓他們天人永隔。但她一直無法忘懷，只好跟他生前的好友亦仁一起回憶過去的點點滴滴。因工作遠在香港，亦仁特別喜歡這首〈城裡的月光〉，聽這首歌的時候彷彿兩個人沐浴在同樣的月光下，她驟失愛侶，他痛失摯友，兩人一起懷念同一個人，一起療傷止痛；兩年多的日子亦仁就像默默的月光，靜靜守護思佳。

歲末亦仁出差到日本，不小心掉了手機，頓時失去訊息，雖然沒多久就連絡上，思佳才驚覺自己完全不能適應沒有亦仁的日子。

她馬上飛去福岡找他，吃完晚餐他帶她去旅館旁的運河城，整個購物中心妝點成耶誕世界，六層樓高的白色聖誕樹美得像夢，千萬顆小燈泡變換成松樹、麋鹿、雪橇、雪花、雪球……倒映在水面，星光點點，人造的小運河像天上的月河，波光粼粼。

亦仁說：雖然現在沒有月光，但妳願意嫁給我嗎？

思佳毫不思索地回答：我願意。

後來他送她一條月光石鑽手鍊當定情物，一顆一顆透著藍色月暈的小寶石也美得像夢。月光石的「青白光彩」現象（Adularescence）是月光石最迷人的特徵，光線進入月光石後從不同方向散射，產生藍色如月光一般的光暈。

月光是一首長長的慢慢的戀曲，要像等待季節一樣，隨著花開花謝春去秋來，才能聽到最美的聲音，看到最美的顏色。夢幻的、迷離的藍暈是月光的音符，譜成一首高高的低低的戀曲，要像等待季節一樣，隨著日落月升潮來潮往，才能聽到最美的旋律，看到最美的月光。

他們都相信是天上的他搭的橋，讓彼此不再分隔兩端。

無緣坂

第一眼見到羽婷，世國心底馬上出現一個聲音：「她就是我今生的妻子。」

那天他過生日，她才到日本沒幾天，室友剛好是她在台灣的學長，特別拉她來同歡，其實學長難掩炫耀，擺出一付護花使者的姿態，看在大家眼裡很不是滋味。因為學長實在長得很抱歉，而羽婷又特別漂亮，世國第一次見識到什麼是「靈氣逼人」。

她不但外表驚為天人，更是聰慧過人，追求者有如過江之鯽，連日本同學也為之傾倒，一介女子頗為國爭光。

眼高於頂的世國向來沒有看上眼的女生，直到羽婷出現，當然得卯起來追，每天纏著她不放，噓寒問暖、接送護衛，不讓別人有半點靠近的機會。到了冬天，連她鄰居的積雪也幫忙鏟得一乾二淨，比日本人還體貼周到。

冬去春來、春暖花開，羽婷的心也像枝頭綻放的櫻花，被世國的熱情一路燃燒到天邊，俊男美女，花前月下，看著就像畫裡頭走出來的一對璧人。

他比她早一年畢業，故意申請留在學校當助教，等到羽婷也拿到碩士學位，世國就拜託台灣的親人輪番上陣去羽婷家求婚，父親、母親、大哥、大姊……，一個接一個，說世國如果娶不到羽婷就會活不下去。羽婷的母親嚇壞了，以為女兒已經和世國生米煮成熟飯，甚至暗結珠胎，又氣又急，寫信問女兒到底做何打算？實在無法忍受世國的家人三番兩次造訪，問羽婷要嫁不嫁總得給個答案。

羽婷被這樣寵愛疼惜當然很想和世國組織家庭，馬上回信說要嫁。母親早就被弄得不厭其煩，催羽婷乾脆回國先結婚再繼續讀博士，小倆口就飛回台灣準備婚禮。

兩家人先去挑婚戒，羽婷母親挑了一只粉紅色戒指，特別襯托女兒白皙柔嫩的膚色，結帳的時候世國以為自己看錯價錢，又問了一次，聽完全身冒出冷汗，趕緊收手，所有的人都看到他在玻璃櫃上留下一雙汗淋淋的手印。

後來他們都很感謝那只粉紅鑽戒，無意中救了彼此的命。在日本留學時世國為了追羽婷，悄悄辦了一張信用卡，偷偷瞞著大家打工還卡債，還貸款買車子接送羽婷。

雖然他知道她家境優渥，但實在無法想像一顆淡淡的粉紅色小石頭竟然足以讓他傾家蕩產。後來他去查資料，才知道粉紅鑽是鑽石晶體結構扭曲成孿晶紋或雙晶網之後，影響鑽石的選擇性吸收，變成褐色或粉紅色，但再怎樣扭曲也抵不住嚇出一身冷汗的驚恐。

羽婷記得談戀愛的時候兩人一起去京都清水寺旅行，整天在二年坂、三年坂爬上爬下，還到旁邊的地主神社祈願生生世世相守、戀愛圓滿成功。那時她蒙著眼睛唸著他的名字從正殿前方筆直走到另一頭的「戀占之石」，可惜沒有成功，當時世國不斷安慰羽婷，說那顆石頭叫「盲石」，能不能從正殿前方筆直走到「戀占之石」，完全是心理作用。

無緣啊！如果當時沒有這些石頭來干擾，昏一點，這段姻緣也許就結成了。

《永結同心》
粉紅鑽戒

隱姓埋名

從小她就跟著母親工作，每天去固定的頭家家裡收衣服、送衣服；當然通常都見不到頭家，甚至連頭家娘也見不到，只有老王單身，幾乎日日相見。

她原本叫劉桂花，秋天生的，被老王改成劉桂香，如秋桂暗香盈袖，他說這女孩五官清秀，是個享福之人。寡居的母親常年替人洗衣，一雙手傷得不堪入目，聽老王這樣說，對未來總算有些盼望。

老王與當時跟著國民黨政府來台灣的外省人不太一樣，平日在鎮公所上班，除了出差，幾乎都躲在家裡讀書寫字，家裡打掃得乾乾淨淨，待人客客氣氣，唯一就是說話口音特別重，很難一次就聽懂他的意思。

當寡母知道自己病到只剩三個月的壽命時，親自把桂香託給老王，老王從床底下拉出一個舊木盒，隔天抱著木盒去了一趟台北，個把月後在山上買了地，地契上寫著劉桂香的名字，桂香母親看完地契闔上眼，笑著嚥下最後一口氣。那年桂香十五歲，等到十八歲，三十八歲的老王正式娶桂香為妻。

桂香什麼都不懂，老王一一教她，帶她去做衣服、聽戲、看電影、跳舞。她雖然沒回學校，老王繼續教她讀書，還教她英文，他濃濃的口音沒變，說起英文卻是字正腔圓。桂香像是老王的女兒，又像學生，日子過得踏踏實實、安安穩穩。

他們生了兩個女兒，平日也是老王自己教，女兒沒上過補習班，輕鬆考上國立大學。家裡請了幫傭，桂香偶爾打打小牌，輕鬆度日，無事煩憂。

老王過世前把桂香叫到跟前交代遺言，桂香才知道老王曾是情報員，但他非常厭倦那種生活，來台灣之後窩居小鎮隱姓埋名，藏在床底下的古董字畫足夠她們母女吃喝不盡，囑咐千萬別張揚出去，這輩子能過上一段太平歲月，跟桂香結髮育女，此生足矣。

老王留下的遺物中，桂香最喜歡一片原本是帽花的老瑪瑙，通紅潤透，雖然邊角有些崩裂，還是讓她愛不釋手。

在石英家族中最被知曉的兩大系列就是水晶（Crystal）與玉髓（Chalcedony）。水晶是顯晶質石英，結晶明顯，晶體多半肉體可見；玉髓則是隱晶質石英（或稱微晶質石英），結晶細緻微小，質地均勻，肉眼幾乎無法看見晶體顆粒。條紋或帶狀的玉髓就是俗稱的瑪瑙。

現在紅透半邊天的南紅瑪瑙，最頂級的是雲南保山老礦，這種老南紅採自峭壁

《太平歲月》
老瑪瑙台灣藍寶綠石榴石鑽墜

懸崖，脂感強，不水透，色如柿子紅。現在的新南紅來自礦山洞穴，脂感雖不如老礦，較透明，還是深受藏家歡迎。

新南紅瑪瑙的產地還有四川涼山及甘肅，若對著強光看到紅色部分由無數類似朱砂細細小點聚集而成點狀結構，就是南紅，這是其他瑪瑙沒有的現象。

桂香不介意手上那塊瑪瑙是不是南紅，老王也不想讓人知道他的來處，當初買給她的半片山，現在租給茶園經營，日子一如從前無憂無慮，隱姓埋名又何妨。

夜色如墨

原本他們想去看藍眼淚，但海面波濤洶湧，海浪接二連三襲捲沙灘，發出猛烈撞擊的拍打聲，哪還有賞星望月的興致？

阿讓只好帶著朋友夜遊，夜已深，原本就人口稀少的澎湖離島小鎮一片寂靜，只有這群不甘心的遊客還在狹小石巷穿梭，走到一家塗成七彩斑斕的民宿前，阿讓說這是他出生的地方，但他一直到當完兵才知道。

三十年前他決定離開家鄉出國留學，母親眼看攔不住即將離巢的小鳥，突然非常慎重地要求他在出國前一定要去小鎮探望二嬸。

「為什麼？我和二嬸一點也不親。」

「因為她才是你的生母。」

講這話的時候母親異常冷靜，好像事不關己；阿讓卻像突然爆開的炸彈，整個世界瞬間毀滅。他自小備受寵愛，怎麼會是別人家的孩子？

「因為我一直生不出兒子，所以當你二嬸懷孕時，約束好如果是男孩就過繼給我，反正都是同宗，我也一直把你視為己出；你這一去不知何年何月才回國，不告訴你不行。」

夜色迷離中阿讓說現在不管生母或養母都已過世。三十年前母親告知身世那天他嚇得全身發抖，連續幾天都睡不著覺，晚上跑回小鎮恨不得放火把二嬸家燒掉，他不懂為何一個母親竟然會狠心拋棄自己懷胎十月的骨肉？

「我不想去跟二嬸相認，哭著對母親說她才是我唯一的媽媽。」

母親搖搖頭，答道：「是就是，不是就不是，你不去會後悔一輩子。」

有差別嗎？就像黑如墨色的墨玉和墨翠常常讓人無法分辨，其實根本是兩種不同的玉。以「商業用語」來區分最快，墨玉通常是指黑色或墨綠色的軟玉（Nephrite，或稱閃玉），如新疆和闐白玉、台灣玉，硬度六至六．五度，折射率一．六〇六至一．六三二，從遠古至今，許多玉器都是屬於這種角閃石類的軟玉。

墨翠則通常指黑色或墨綠色的硬玉（Jadeite，或稱輝玉），清代初期從緬甸進貢中國，硬度六．五至七度，折射率一．六六，現在大家都習慣把硬玉美稱為翡翠。

墨翠因為含有綠輝石礦物質致色，用強光照射還是可以區分透度，愈透愈綠愈佳。穩重內斂、敦厚潤透的墨翠有一股尊貴之氣，同時受到兩性收藏家青睞。

《花開富貴》

墨翠、翡翠、紅寶、珍珠鑽墜珠鍊（左）

墨翠、翡翠、鑽石耳環（右）

「即使母親這樣說我還是不想回去看二嬸……。」

阿讓的故事還沒講完。三十年前出國不易，老人家視為生離死別，堅持阿讓要認祖歸宗。眼見出國的日子一天一天逼近，慈祥的母親最後嚴厲地跟他說：「你知道為什麼叫你阿讓嗎？因為你是二嬸和你爸爸的孩子，我答應你二嬸把兒子讓給我，我把丈夫讓給她，二叔當時已經病入膏肓，隨後沒幾年你父親接著過世，我不怨她，這些年她一個人也夠苦的，無論如何出國前去見見她吧！」

沒人敢問阿讓到底最後有沒有去見二嬸，只有靜靜陪他走完墨色暗黑，長長的巷子……。

一件禮服

喬治簡直不敢相信自己眼睛，如果不是參加兒子婚禮，他已經好幾年沒見到寶珠，如果不是看到她坐在主婚人大位，根本不敢跟她相認。

為了顧全兒子與親友感受，喬治今晚沒有帶嫩妻小可可出席，他遲疑地向寶珠點頭致意，寶珠大方回報一個微笑，請他入座。

身旁這個優雅迷人的寶珠真的是當初那個被他嫌棄到一無是處的前妻嗎？

寶珠是典型的糟糠之妻，在喬治飛黃騰達後，所有美德變成缺點，勤儉持家變小氣寒酸，溫柔嫻靜變單調無聊。比喬治整整小三十歲的可可出現時，喬治覺得自己終究還是個充滿魅力的男人，一筆天價贍養費，一棟豪宅就把寶珠休了，詹福祿改名喬治詹，從此過著老夫嫩妻，神仙般的生活。

神仙般的生活果真如假包換不食人間煙火，不開伙、不燒水，全部傭人代勞。小可可的一頭捲髮、兩排翹睫毛、十根手指甲加腳趾甲，每天都要到美容院報

《看得見的巴黎》
坦桑石、鑽石耳環

到保養。每週全身去角質、美白、推脂、健胸加瑜伽，忙到只有陪喬治出席各種晚宴才有空。睡覺時眼罩、面膜、手套、束腰、伸縮襪從頭包到腳，剛開始把喬治嚇得半死，以為身旁睡了一具木乃伊；光等她全身解甲，常常等到地老天荒。

上菜了，寶珠為喬治舀了他最愛的炸湯圓，輕聲囑咐：「小心，燙！」喬治竟

《看得見的巴黎》
坦桑石、鑽戒

然窸窸窣窣忍不住掉下眼淚，他已經記不得多久沒人對他噓寒問暖。

看來今晚寶珠改造成功，得歸功離婚後認識的一群閨密，當她們知道寶珠要出席兒子婚禮，群策群力，從頭到腳幫她量身打造，最成功的就是禮服，高度剛好的旗袍領、完美的肩線讓寶珠看起來精神奕奕，隱隱發光的絲絨貴氣十足，背後一幅湘繡，仙鶴、牡丹、蓮花不但繡工精采，更是寓意吉祥，和搭配的珠寶相互輝映，從每個角度欣賞都會發現不同的驚喜。喬治忍不住一直偷瞄，幸好小可可沒來，否則整個會場恐怕會被打翻的醋罈子淹沒。

一九六七年曼紐．迪蘇薩（Manuel d'Souza）無意中在非洲坦尚尼亞發現一顆藍色寶石，把它當成藍寶賣到美國的 Tiffany。經過鑑定，Tiffany 把這種藍中帶紫，美得令人困惑的黝廉石（Zoisite），命名為 Tanzannite，特別凸顯坦尚尼亞是全世界唯一的產地。台灣由寶石學家吳舜田老師譯為「丹泉石」，中國則直譯為「坦桑石」。

丹泉石具有強烈多向色性，會產生藍、紫、桃紅交錯的現象，深沉神祕，百看不厭。

喬治霎時間突然明白，過去他從沒正眼好好看過寶珠，但今晚的寶珠真是百看不厭，他實在不想回家夜夜面對裹著年輕軀體的木乃伊。

寶珠開心笑了一整晚，雖然看到喬治眼中交織著懊惱與期待，她一點也不為所動，從前男人把女人當衣服，穿過就扔，現在她靠一群閨密、一件禮服，光復河山。

鎏金歲月

她這一生都為同一個男人錯過所有的幸福。

若說起阿鑾的美，只能歸因天生麗質。

五歲那年，父母離異之後她跟著父親生活，以便母親再嫁，父親為了工作把她寄養在親戚家，阿鑾如同被雙親棄養，過著有一餐沒一餐的日子。

幸好她很機靈，長得又漂亮，白皙細膩的肌膚如搪瓷娃娃，沒錢買保養品就隨便抹抹面霜，一直到老都是如此。

鄰居車行老闆不忍心看她挨餓受凍，就叫阿鑾到家裡幫傭帶孩子，阿鑾一邊背著老闆的孩子一邊認字學算術，十六歲那年生下老闆的兒子家強，老闆娘再也不能忍受，把阿鑾趕出門。

阿鑾窮怕了，發誓這輩子一定要賺很多很多錢，她不在乎家強的爸爸，拿了一筆錢就離開，在台北租下一棟房子當起二房東，慢慢攢錢，攢夠了就買房子再出租，手頭愈來愈闊綽。

阿鑾的追求者絡繹不絕，從地皮流氓、管區警察、醫師、老師到總鋪師，通通拜倒在她的石榴裙下。阿鑾覺得對方若不疼家強就不願意繼續交往，即使交往的男人對家強視若己出，她也無法忍受家強被當成拖油瓶，就這樣一再蹉跎，房子愈買愈多，年紀愈來愈大，大到家強結了婚她還是一個人。

阿鑾還記得那天早上下著傾盆大雨，吳醫師從黑頭轎車出來時，即使司機幫忙撐傘也淋得一身濕。她躲在房間偷看，就是不肯出來見客。吳醫師手裡捧著一束她最愛的紅玫瑰，老先生脫下帽子露出一頭銀髮，坐在客廳非常慎重地跟家強說：「我已經退休，想跟你母親過日子，一起移民去加拿大，你同意嗎？」

她含淚看著吳醫師的車子消失在雨中，院子裡原本盛開的櫻花被雨打得如泣如訴。

「我也想找個人依靠啊！但家強剛剛離婚，孩子那麼小，這個節骨眼我怎能一走了之？」

插在瓶中的紅玫瑰，一瓣一瓣枯萎。

鎏金工藝最早可追溯到春秋末至戰國初，到漢朝已經非常成熟，這種傳統技術至今已經兩千多年。鎏金又稱塗金或鍍金，就是把金和水銀合成的金汞劑（俗稱金泥），塗在銅器表面，加熱後水銀蒸發，金子就牢固地附著在銅器表面不會掉落，傳統的鎏金工藝主要包括配汞劑，製金棍、抹金、開金、刷洗、壓光等工序。

銅鎏金佛像也廣受歡迎，銅質力求厚重，通體講究均勻水亮，若加上年分考證，法相莊嚴，更兼具歷史、宗教及美學的多重藝術價值。

阿鑾覺得自己就是銅鎏金，這輩子永遠無法脫胎換骨，為了家強，日子總得過下去，歲歲年年，日日月月，至少外表看起來還是光光亮亮，不必計較是銅還是金。

《鎏金歲月》
白玉、珊瑚、銅鎏金綁件

哀悼愛情

法兒一直猶豫要不要去參加章家慶賀新居完工派對，通常她都欣然接受客戶的邀約，畢竟每件作品都是嘔心瀝血的成果。

尤其這次章家的案子，前前後後超過一整年，期間她數度想放棄，只是一想到章勝就說不出口，一路煎熬到完工。

「說真的，我們還真佩服妳，竟然敢接我嫂嫂的case。」章家兩位小姑同時舉杯向法兒致敬。新居擠滿一屋子人，大部分都是章勝的部屬，看來他們夫婦的朋友不多。

章勝一移到法兒跟前就忍不住打噴嚏。

「咦……」章家兩姊妹對看之後張大眼睛瞅著法兒。

「瞧，哥哥又打噴嚏了。」

章勝只要見到心中喜歡的女子就會忍不住打噴嚏，這是章家公開的祕密。當年他愛上善美的同學曉薇，一看到曉薇就猛打噴嚏，最後曉薇還是鬥不過善美，善美高調嫁入章家。

善美遠遠就看到老公與小姑圍著法兒有說有笑，心中泛起陣陣醋意。那是很久很久沒出現的歡樂畫面，她和章家任何一個人的關係都降至冰點，多年來所有姓章的能躲她多遠就躲得多遠，章勝也是，夫妻倆幾乎沒有任何交集，再加上沒孩子，她不想落單，規定章勝至少每天一定要一起吃晚餐。

剛開始他們偶爾會和朋友吃飯，席間善美不但挑三揀四、頤指氣使，為此章勝不知得罪多少朋友，回家後善美繼續疲勞轟炸，跟章勝細數誰誰的不是，章勝嚇到不敢再帶她出門，當然也沒有人歡迎善美，最後晚餐變成章勝的惡夢，每天只要天一黑他就開始心情黯淡，等著一次又一次無味的兩人世界。

他們換房裝修時不知氣走多少設計師，宛若救星的法兒終於出現。法兒不但完成刁鑽善美下達的任務，每次只要見到法兒，章勝就增加一點活下去的勇氣，他多麼希望裝潢工程永遠不要結束。法兒就像晴空一片白雲悄悄飄進他的心，再也無法壓抑一天比一天滋生的愛意。法兒也很迷惑，她不知道自己對章勝是同情還是愛情，如果章勝下定決心離開善美，她應該可以給他一個全新的人生。

一八六一年英國女王維多利亞的母親肯特伯爵夫人過世，同年她摯愛的丈夫亞爾伯特王子也去世，痛苦的維多利亞女王陷入極大悲哀。同時大西洋彼岸的美國開始內戰，附有相片的吊墜小盒子成為流行飾品，人們將愛人的頭髮或照片藏入盒內，把思念深埋胸口，「哀悼珠寶」於焉出現。維多利亞的哀悼期對珠寶、服飾十分嚴格，服喪期一年內必需穿戴全黑服飾和珠寶。黑玉、瑪瑙甚至泥炭（Bog Oak）都是哀悼珠寶常用的材料。

章勝最後還是戰不勝善美，他知道除了自己，善美完全沒辦法跟別人生活，法兒可以；他不知道善美會採取哪種報復手段，法兒無辜。所以他只能默默哀悼愛情，如果要毀滅，就讓他一個人犧牲吧！

夫妻筷

「已經跟你們說過多少次，我是洪太太，為什麼老是叫我白太太？」

導遊幾乎天天被洪太太罵，實在不能怪他。如果真有夫妻臉這回事，這位老是被認錯的洪太太實在長得太像白先生，兩個人都是濃眉大眼、鼻如懸膽、下巴肥厚、虎背熊腰。

這兩對夫婦剛好參加同一個旅行團，初秋之際到日本高野山「宿坊」。入住當地的寺廟體驗僧侶生活，吃精進料理、作早晚課、聽經抄經。

洪先生是被太太逼來的，因為洪太太要追隨她的上師出國，因團費非常昂貴，信眾很少，洪太太認為這樣最好，這樣才有更多機會親炙上師奧妙佛法，非得拉著洪先生同行。

高高瘦瘦像竹竿似的洪先生伏在榻榻米矮桌上，抄完整部《心經》時已經腰酸背痛，起身時雙腿一軟差點跌倒，幸好坐在隔壁桌的白太太順手一扶，才免去人仰馬翻、墨水成災的慘案。當洪先生看到白太太時兩人都漲紅了臉，覺得彼此像是失散多年的兄妹，纖細白皙、一雙鳳眼含笑盈盈，五官淡得像未乾的水墨畫。

貧戶出身的洪先生娶了小鎮醫院院長的女兒，洪太太年輕時像顆小金桔，甜甜圓圓，非常可愛。白先生和白太太是藥廠廠長與提早退休護士的組合，白先生從業務做起，白手起家，一路打拚奮鬥，只要客戶有興趣的他也有興趣，訂單一張一張飛來，存款一天一天增加。這次聽說上師帶著弟子出遊，其中有醫院院長，當然不能錯過，眼巴巴也跟著來，每天想方設法接近院長，絕對要拿下訂單，倒是他那位美得像畫中仙的瘦竹子老婆一派輕鬆自在。

「唉！每天只吃不同的豆腐真的那麼幸福嗎？」肥滋滋的白先生趁寺門關閉前偷偷跑去附近的小居酒屋大吃大喝，反正那段時間大家都乖乖抄經，沒人注意。沒想到一推開門，尷尬地碰見洪太太，兩杯黃湯下肚，聊開後竟覺得相見恨晚，乾脆來個紅白對抗，情歌對唱。而一起抄了五天經的洪先生和白太太，覺得兩人連呼吸都是相同頻率，彷彿找到前世情人。

旅行結束當天，宿坊送給每對夫妻兩雙筷子當紀念。洪太太怕被別人先選，伸手將筷子全部搶走，精挑細選後，喜滋滋挑出一把自己最滿意的，才將剩下的筷子隨便發給大家。

宿坊送的筷子，原本是每對夫妻拿到花紋相同、長短略異的夫妻筷，卻被洪太太打亂了規矩。洪先生當時誠心誠意跟佛菩薩祈求，如果能和白太太拿到同樣一對筷子，他就決心和發福的胖金桔離婚。

我佛慈悲，眾人皆如願以償。隔年，洪先生果然帶著當時每天陪他讀經、抄經，新的瘦竹子洪太太回高野山還願。在瘦竹子眼中，洪先生就像土生土長的台灣藍寶，以前很普通，現在很稀有，未來更珍貴。

「台灣藍寶」這種寶石早就停產，只有產在台灣東部都蘭山的藍玉髓（chalcedony）才能稱為台灣藍寶。如今已經水漲船高，除非是從前的舊礦重現江湖，否則市面上的藍玉髓大部分都是從美國、祕魯、巴西、印尼或馬達加斯加進口。

白先生覺得用瘦竹子換胖金桔實在太划算，簡直就像挖到一座大金礦，變成白太太的胖金桔也很開心，不用擔心再被叫錯。也許當初那位導遊是月下老人顯靈來著。

《夫妻筷》
台灣藍寶、粉紅彩剛玉、鑽石耳環

將軍的女人

只要知道洪家母女也會出席宴會，肯定有戲好看。

通常都是喜宴的場合，貴為將軍夫人的洪媽媽，只要是先夫屬下的家人結婚，她一定會出席，絕不錯過這種滿場爭相敬酒，東一聲夫人西一聲夫人的盛會。參加宴會的人都屏息等待她出場，那一雙雙豔羨的眼睛和崇拜的眼神，怎不令人陶醉。

她一收到帖子就開始忙碌，從頭到腳全部打理，當時流行什麼髮型就剪、燙、染成最時髦的樣子。做臉、修眉、修指甲，然後擦上大紅色蔻丹，數十年不變。

嬌貴如花中之王牡丹，而且從不穿重複的禮服。

「每個人都記得上次我穿得有多美，安琪，這次一定還要更美。」

她沒為洪家生下兒子，卻生了一個跟她一樣美若天仙的女兒安琪，被她們母女倆水汪汪鳳眼掃過的男人，無不全身發顫，深切體認牡丹花下死做鬼也風流的壯烈，可憐那英姿勃發的洪將軍無福消受，亦是英年早逝。

「夫人若跟小姐一起出現，肯定又要喝喜酒啦？那當然得趕緊訂做一身新旗袍！」

洪家母女是布莊大戶，一進門老闆就親自把最貴最新的布料奉上，整匹布面全是手工刺繡的亮片珠花，安琪看上另一匹藍綠色的緞子，從來沒見過這種神祕的顏色，霓虹般的藍，讓她想起那個滿天星斗的深夜，她應該拋棄母親跟心愛的男人遠走高飛。

帕拉伊巴碧璽（Paraiba Tourmaline）藍綠交織的色澤，是其他寶石完全無法比擬的美麗。夢幻如星空，湛藍如湖水。而且全世界只有在巴西帕拉伊巴州產的藍綠碧璽才能稱為帕拉伊巴。

這麼迷人的寶石身價當然愈來愈高，雖然如此還是人見人愛，所以就出現顏色相近但不是產自巴西帕拉伊巴州的藍綠色碧璽。若是產自巴西帕拉伊巴州的藍綠色碧璽，證書上直接標明為Paraiba Tourmaline。若不是這個產地，則會打成Paraiba Tourmaline type，也就是帕拉伊巴「級」藍綠色碧璽，僅僅一字之差，即使同樣等級，價格卻差很多。

安琪一現身喜宴，馬上引起一陣騷動，大波浪的法拉頭隨著腳步甩動，一身藍中帶綠的緞面旗袍包裹著凹凸有致的曼妙身材，優雅地隨著引導往主桌入座。

《星垂平野間》
蛋白石、帕拉伊巴碧璽、彩剛玉、鑽墜、藍寶鑽鍊

「嘖！嘖！真是個大美人！」眾人難掩讚歎。

披著貂皮大衣，同樣甩著大波浪法拉頭的將軍夫人終於登場。依照慣例，還是比新娘晚到，還是一樣光采奪目！但見她緩緩脫下大衣，一身豹紋亮片旗袍繡著朵朵鮮豔欲滴的大紅牡丹，舉座「嘩」的一聲先把將軍夫人逗得花枝亂顫，冷落在一旁的小新娘終於忍不住哭出來，委屈得像個沒人理的小媳婦。

安琪靜靜看著如孔雀開屏的母親，暗歎此生大概為了博取母親燦然一笑而犧牲殆盡，心中浮現一抹憂傷，身為將軍的女兒又如何？樂曲響起，她就得隨著不同的男人起身旋轉，她這個舞小姐不知道能不能紅到像母親這把年齡？

四君子

她們四人從大一到畢業都住在同一間寢室，情如姊妹。巧的是四個人的名字，梅芳、蘭軒、竹君、菊茹，湊在一起就是梅蘭竹菊，大家就叫她們「四君子」，在女生宿舍可是無人不知無人不曉。

大學時代宿舍還沒有單獨的房間對講機，每天晚餐前後就有回宿舍的同學對著天井四周大喊：「某某室，某某人外找。」四君子行情最好，幾乎每天都有人外找，信箱常被塞到爆，是眾人追求的對象。

最多人追的是菊茹，雖說人淡如菊，但這位菊茹可是豔麗照人，身材高挑，雙

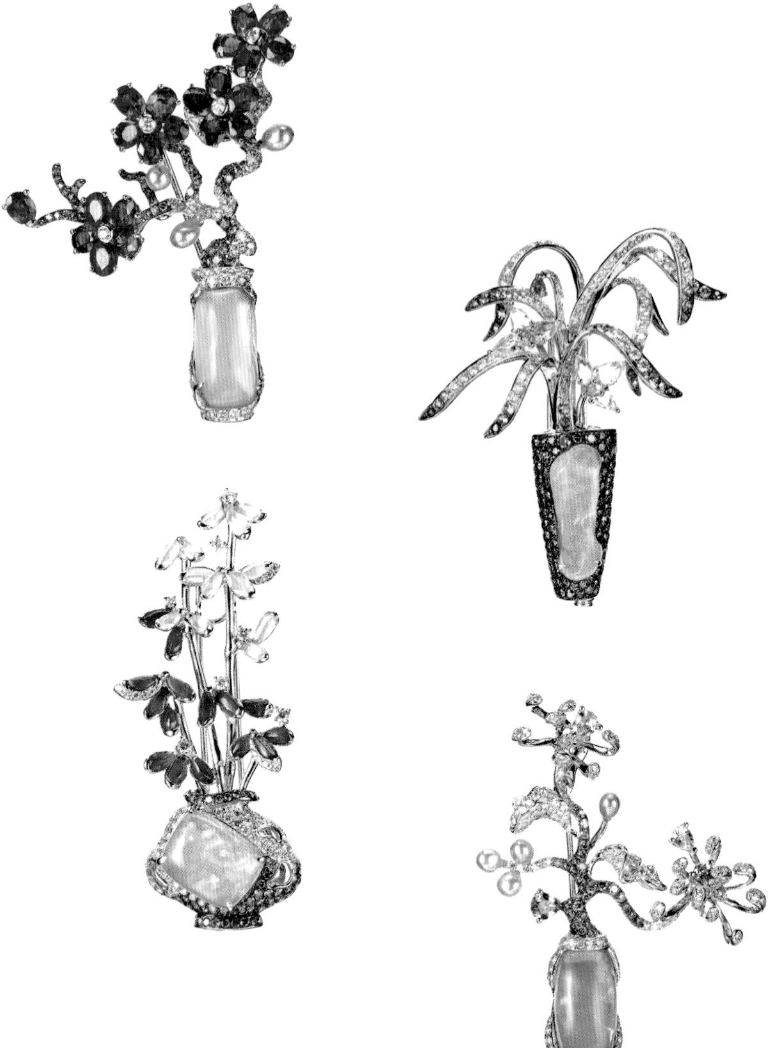

《四君子》

梅：紅寶、金無核珠、蛋白石、鑽石兩用針墜
蘭：金鑽、綠石榴石、蛋白石、鑽石兩用針墜
竹：翡翠、鑽石、蛋白石、鑽石兩用針墜
菊：金鑽、金無核珠、蛋白石、鑽石兩用針墜

腿勻稱，光看她走路都是一種享受。追不到菊茹的就去追蘭軒，蘭軒個頭雖小，卻有一雙迷濛大眼，活脫脫的卡通人物，她最愛搞笑，常常捉弄菊茹的追求者，左右逢源，忙得不可開交。

梅芳就像老大姊，每天管著三個室友，吃飽穿暖沒？書讀完沒？她和青梅竹馬的男友走在一起，完全散發老夫老妻的氣味，彷彿不必再經過結婚這道手續。

收到最多情書的是竹君，相對於菊茹的豔麗、蘭軒的慧黠、梅芳的穩重，竹君美在典雅的氣質，甚至她的追求者也非常有氣質，常常約她去椰林大道或醉月湖畔吟詩作對，吹笛撫琴，一派古風。

大學畢業，梅芳馬上步入禮堂，對象竟然不是青梅竹馬的男友，而是系上的同學，兩人相約婚後一起出國留學；前男友沒想到一向言聽計從的梅芳竟然說分就分，只好傷心地照原計劃回鄉下教書。

竹君繼續留在學校讀研究所，讀完研究所遠赴美國攻讀博士學位，隔年冬天出了大車禍，整部車在冰上打滑，撞上柵欄後連續翻車，從駕駛座拉出來的遺體竟然是竹君的大學教授，後來才知道他們瞞著所有人默默談了好幾年師生戀。竹君醒來後整個人崩潰，在美國休養兩年，再進精神療養院待兩年，勉強回學校讀書，上課常常恍神，不得已只好輟學回台灣休養。

梅芳返台時約了菊茹去探望竹君，看到竹君已是一頭白髮，忍不住落下傷心淚，美麗如昔的菊茹也頻頻拭淚，三人只能默默相對。

梅芳打起精神跟兩位老友說，蘭軒託她帶話，代邀大家在巴黎相聚，蘭軒的先生過世後留下大筆遺產，所以三人去法國所有的費用都由她支付。菊茹苦笑，搖頭拒絕，倒是竹君心動，很想和大家一起出去走走，梅芳也勸菊茹同行，畢竟四個人已經將近二十年沒見。

她們終於在塞納河畔重逢，蘭軒已經完全變成外國人，金髮大眼，身材緊致曼妙，硬生生把菊茹比了下去。她笑嘻嘻跟菊茹說：「還是像妳這樣單身最好，抱歉喔，當年搶了妳的男朋友，不過，幸好妳沒嫁給他，他死之前，我可是天天挨揍。」說著說著順手就把金色假髮扯下。

「瞧！我剛做完化療，頭髮還沒長出來，胸部也沒了，我現在才是如假包換，真正的少奶奶。」

遊船外的河水，靜靜的，如歲月滔滔流過，彷彿什麼也沒發生。

海上鋼琴師

那個島被稱為琴島，雖然只是個一．八七平方公里大的小離島，卻孕育了一百多個音樂世家。十九世紀中葉西方音樂隨基督教湧入鼓浪嶼，風琴、鋼琴大量引進教堂、教會及醫院，二十世紀的五〇年代全島鋼琴多達五百餘架。

慢行在午後曲折小巷，阿嗚覺得今天應該是個晴朗的豔陽天。耳邊傳來陣陣琴聲，從小他就對聲音特別敏銳，一聽就知道這是哪種鋼琴、哪家公子小姐彈的曲子，或者鋼琴是不是該調音了。

阿嗚特別喜歡去楊家的彩色玻璃洋樓調音，紅磚牆爬滿九重葛，七彩斑斕的玻璃窗不管晴雨都極美，透著光像夢幻眩人的萬花筒，隔著雨撩人的串串珠簾，他常常用音符來想像顏色，自己一個人彈彈唱唱，甚為愜意。

一直到楊家的表小姐入住，鋼琴才有了真正的新主人。小霞被沒有子嗣的姑丈收為義女，姑姑變成她的母親。幸好她們原本就親，完全沒有半點隔閡。

阿鳴每次來調音的時間愈來愈長，一個初來乍到，一個獨來獨往，兩人彷彿在這個島上遇到生命中第一個知己，笑聲、琴音、耳語交纏整個下午，整個世界都被遺忘在島嶼之外。

有時候他們會一起散步到黃昏的碼頭，小霞用她甜美的聲音描述彩霞的顏色，阿鳴總是靜靜聽著海浪的聲音，等小霞講完再央求她講一遍，一次又一次，講的聽的都不會厭煩，就像所有的年輕戀人那樣。

「妳如果只想嫁個瞎子，那就不必到鼓浪嶼來。」姑丈冷冷地對小霞說。

一對小戀人就這樣被分隔開來，小霞等著被送到廈門讀書，阿鳴的世界一天比一天黑暗。小霞託人帶話，說要跟他遠走高飛。

時間選在一個月圓的夜晚，如果阿鳴看得到的話，還有滿天閃爍的星星。趁姑丈姑姑出門應酬，他摸著牆來到楊家院子，終於抱到小霞柔軟輕盈的身軀，他不斷親吻小霞臉頰上的熱淚，不讓這串串珍珠變冷。

「帶我走吧！去哪都可以。」勇氣十足的小霞，雙眼放出火焰般的光芒，阿鳴雖然看不到，依然感受到懷中小女孩瞬間爆發的威力。他拉著小霞的手，來不及跟她告白，就被姑丈發現他倆躲在樹叢中的身影。

小霞一輩子都不願意再看到那只戒指，如果那天晚上不是剛好戴著貓眼碧璽戒，也許姑丈就不會在星夜中看見她手上閃動的那道白光，也許她就能和阿嗚遠走高飛，也許他們會生一堆孩子，過著琴瑟和鳴的日子，也許她就可以逃離現在這種衣食無憂卻行屍走肉的日子。

很多寶石都會產生貓眼現象（Cat's eye），寶石內部若是密集平行的針狀物或纖維組織，切磨時找到正確角度，寶石就會產生一道像貓咪眼睛的白光，這種光線反射就叫貓眼現象。

阿嗚當天晚上原是去和小霞道別，既然來不及說出口就一輩子別說，留給戀人念想。遠走的他在遊輪上當鋼琴師，如果發現客人來自琴島，他會用一首又一首的曲子，換求他們一遍又一遍形容家鄉的彩霞顏色。他的眼睛從小就看不見，他的心留給小霞，煙波浩瀚，此生唯有琴音相伴。

《穹蒼下》碧璽、摩根石、藍寶、彩剛玉鑽戒（左）
《星空下》貓眼碧璽、藍寶鑽戒（右）

附錄

推薦文

繁複的美麗

席慕蓉（詩人）

擾擾香雲濕未乾，鴉翎蟬翼膩香寒，
側邊斜插黃金鳳，粧罷夫君帶笑看。

——趙鸞鸞．唐代

這幾天在觀賞「二〇一三曾郁雯珠寶作品」的展示光碟之時，在她的「星系列」之中，有三朵紅珊瑚雕成的玫瑰花，以黃寶石為葉，一朵接一朵地用垂直的姿態鑲嵌在黃金的枝幹之上，花瓣邊緣還用小粒的鑽石綴成露珠模樣。設計者將這件垂掛在頸項間的墜飾命名為《愛慕》，使我在會心莞爾之際，不禁想起了唐代的一位女子所寫的這一首詩。

唐朝的女子和今日的女子一樣，為了自身的美麗能夠加倍呈現，也是很注重「配件」的。詩中的這位女子將洗淨的雲鬢梳起的時候，好像髮絲還沒全乾。唐朝長安的工匠喜歡用豔色的羽毛來做為珠寶的飾物，相信如詩中所言的鴉翎和蟬翼應該也是髮飾的一種。

女子粧成之時，最重要也是最出色的配件，應該就是一支被斜斜插入髮間的金髮簪了。這一支金鳳凰的髮簪，不只會贏得夫君的愛慕，在悠長的歲月裡，它也一直是許多唐朝女子心中所愛慕的時尚經典。

此刻在曾郁雯所設計的《愛慕》這件作品裡，這個美好的詞句被三朵玫瑰重覆訴說了三次，生命中所有的渴望，彷彿都隱藏在許多不斷重覆又不斷變幻的時光回音之間了。

曾郁雯珠寶作品的令人讚歎之處，就在於它們繁複的美麗。往往在我們以為已經完成並且接近完美的造型裡，她卻可以再來加添一種顏色，或者，再去營造出一番曲折。這種加添有時是不容易察覺的柔婉，有時可真是十分強烈呢。

還有一種繁複，譬如在月光石的系列裡，有一串層疊交纏，細細密密串起的項鍊，晶瑩的顆粒間，又加上了許多不同材質不同造型的寶石，好像設計者希望把人間所有的幸福觸動都盡可能地聚集在一起，把所有美好的剎那都織成珍寶，彼此相會於頸間於胸前，於一個端麗的女子的心懷之上……

我想，這幾乎就是設計者自身的信念與執著了。

《愛慕》
珊瑚、黃彩剛玉、鑽石墜

只為，對美，我們的愛慕可以永無止境，而在每個人的一生裡，多希望，幸福真可以不斷地重覆。

曾郁雯把美好的信念與執著放進一件又一件的作品裡，她其實是在向這個世界傳遞著極為璀璨與豐盈的訊息。

席慕蓉　敬筆於二〇一三年一月十九日

附錄

推薦文

何止於七寶

許悔之(詩人、有鹿文化總經理兼總編輯)

二〇一三年之初,我在尼泊爾加德滿都,有一天逛 Boudha Stupa 後回到旅館,收到曾郁雯的臉書訊息,希望我為她的珠寶設計展覽,說一些話。

我遲疑了許多天,無法做決定。原因是我對珠寶與珠寶設計真的不熟悉。

我和郁雯、林文義兄伉儷又相識多年,不知如何婉辭。

我寫過一些藝術評論,或許因此讓他們有了錯覺,以為我可以說出一些觀點與見解；事實上，我真的對珠寶設計不熟悉，也沒有什麼看法。

直到我想起十多年前，和幾位朋友到安和路找郁雯和文義兄，觀賞她的珠寶設計，我買過一只珍珠胸針送給我母親的往事。

之後這十多年，郁雯辦過許多次展覽，也愈來愈多藏家購藏她的珠寶作品，我約略知悉一些情況。

郁雯是那種「太陽型」的人，散發著熱情與光熱，我看到她的近年作品，雍容華貴之中透露出文氣，或有師法自然之趣，讓寶石的形色最後坐落於一騃騃乎可生可長的生命情趣中，我才驚覺，原來郁雯的設計之功，有了很大的文學趣味；我是指得魚忘筌、得意忘言的「作品自己會說話」的曖曖含光之空間。

匠與藝，最大的差異正在於，除了「形」之外，「意」、「趣」、「神」之有無。

《七寶》
金、銀、琉璃、硨磲、瑪瑙
琥珀、珊瑚、珍珠綁件

而郁雯預計要展出的這些作品，確實讓一位珠寶門外漢的我，覺察了意、趣、神之跌宕流轉。

在尼泊爾之行將結束的時候，我受一位朋友之託，帶回她要供養諸佛菩薩的壇城。朋友是一位藏傳佛教的信徒，因為她要轉去印度菩提迦耶參加法會，所以囑咐我為她攜回台灣。

這座供佛的壇城，金、銀、珊瑚、珍珠等多寶做成，歷時三年，是一位尼泊爾老匠人孜孜矻矻、虔心而成的製作。

在許多部佛經中，佛陀常常談到「七寶布施」；七者，多也；金、銀、琉璃、硨磲、瑪瑙、琥珀、珊瑚、珍珠等等之屬。佛陀說自己的本生故事時，也曾有一世，他是出海採珍珠的商人，同行者，有最早跟隨他出家的五比丘，那時他們俱為航海採珠的商人。

從空性而言，珠寶也是幻化。那麼，佛陀為什麼要說七寶？為什麼藏傳佛教許多出家人會佩戴嚴飾己身的「身莊嚴」？我那常行布施的朋友為何要耗資不菲打造一座供佛的壇城？

為何佛陀說「一切諸佛皆從此經出」的經，名《金剛經》？金剛者，鑽石是也。

我想，因為稀有、難得之故吧。正如同，人身難得、佛法難聞。我們於此人間，透過稀有、難得，知道了生命的莊嚴與許多可能。

我揣想，郁雯這些珠寶作品，有些人自買自藏自用，應該有更多是買了來送給別人。其中，有著希望受者能感受到愛、珍惜與讚歎的心情吧。

二〇一三年一月十九日，和三位好朋友共同分享對《心經》的淺見；我的心情，如同奉獻出自己擁有的七寶。

我又想起十多年前，為我母親挑選郁雯設計的珍珠胸針之事。

一位兒子祝福母親的心情。

無量劫中，再珍貴的珠寶，也是「過手過眼」之物；但其中，有著凝視、寶惜與祝福吧。

金剛能斷一切，唯心能斷金剛；我們的真心，是最珍貴的珠寶。

祝福郁雯，願她以真心創造的珠寶作品，觸動了一個又一個於此人間生起稀有讚歎的真心，並且以這樣的心，凝視祝福了這個人間的一切。

二〇一三年一月二十日寫

跋

一種情懷

曾郁雯（珠寶詩人）

距離一九九一年在台北東區開了珠寶店，不知不覺進入這個行業已經第二十七年。期間經歷的種種，完全不亞於小說情節，身處這個璀璨繽紛的大花園，看花開花落、樓起樓塌，不曉得演過幾齣「青山依舊在，幾度夕陽紅」的戲碼。

寶石世界實在迷人，這些來自高山大地、海洋河川，億萬年歲月孕育的礦石、有機物，那麼多種材質、顏色、面貌，不論是樸拙的光面原石或經過切割研磨後光影迷離的寶石，每件都散發獨特魅力。我經常在夜裡靜靜欣賞，為她們編織美麗的故事。

《平安花語》系列

那麼佩戴這些珠寶的人呢？是不是每個人也有不同的故事？二十幾年來在我手中不知來來去去多少珠寶，寫了好幾個有關寶石學、珠寶名人愛情故事、珠寶搭配的專欄之後，就想把一些故事寫下來，兩年多的時間，剛好寫了二十七篇掌中小說，情節當然是真真實實、虛虛假假，好好享受閱讀的樂趣就是。

我想說的只是一種情懷，無論這個世界如何毀滅崩解，現實如何醜陋冰冷，總有一種情懷足以抵擋黑暗的力量，讓人心得到撫慰，困境得到解脫，這種情懷就是對美的追求。

每次站在博物館展廳裡，我都特別尋找各種寶石足跡，尤其是還沒有文字的史前時代，看到珠寶被當成祭祀天地的象徵，每次都會感動莫名，好像穿越時空長廊，也沒有空間的存在。彷佛在數千數萬年前就已經知道，不論人類經歷多少戰火殺戮，最後的最後，有些東西還是會被留下來，所有的過程都是為了見證人性當中最珍貴的，對美的嚮往與追求。

所以有些愛情可以犧牲，有些仇恨可以消弭，有些未來可以等待，有些夢想可以追求。因為我們已經知道現實的冷酷，明白生活的不易，走過千山萬水，如果還能用一種溫暖的、優雅的、從容的身影出現，也是美事一樁。

在這些閃閃發光、美麗永恆的寶石面前，二十七年，只是短短的一瞬，為此，我們要慶幸今生有緣相遇。

謝謝席慕蓉大姊、好友許悔之、郝譽翔、黃尹青珍貴的序，以及有鹿文化的編輯們。這一切，都是最美的見證。

二〇一七年元旦寫於台北

看世界的方法 114

珠寶情人

作者	曾郁雯
封面設計	兒　日
責任編輯	林煜幃
董事長	林明燕
副董事長	林良珀
藝術總監	黃寶萍
執行顧問	謝恩仁
總經理兼總編輯	許悔之
副總編輯	林煜幃
經理	李曙辛
執行編輯	施彥如
美術編輯	吳佳璘
企劃編輯	魏于婷
策略顧問	黃惠美・郭旭原・郭思敏・郭孟君
顧問	林子敬・詹德茂・謝恩仁・林志隆
法律顧問	國際通商法律事務所／邵瓊慧律師
出版	有鹿文化事業有限公司
地址	台北市大安區濟南路三段 28 號 7 樓
電話	02-2772-7788
傳真	02-2711-2333
網址	http://www.uniqueroute.com
電子信箱	service@uniqueroute.com
製版印刷	沐春行銷創意有限公司
總經銷	紅螞蟻圖書有限公司
地址	台北市內湖區舊宗路二段 121 巷 19 號
電話	02-2795-3656
傳真	02-2795-4100
網址	http://www.e-redant.com

ISBN：978-986-94168-0-1
初版一刷：2017 年 2 月
定價：320 元

國家圖書館出版品預行編目（CIP）資料

珠寶情人 / 曾郁雯著. -- 初版.
-- 臺北市 : 有鹿文化, 2017.2
-- (看世界的方法 ; 114)
ISBN 978-986-94168-0-1(平裝)

855　　　　105024106